JN103941

紅(あか)きゆめみし

田牧大和

光文社

紅(あか)きゆめみし

装画　Minoru
装幀　bookwall

序――燃える

まるで町じゅうの半鐘（はんしょう）が、鳴らされているようだった。

紅蓮（ぐれん）の炎が、飢えた獣のように、家並みや木々を食い荒らしては次の獲物に飛びかかる。

真昼の空は、煤（すす）けた重い鉛色をしている。高く舞い上がった煙や灰のせいだ。

ある者は、大八車に沢山の家財道具を載せ、他人を蹴散らして走る。

ある者は、互いに庇（かば）い合いながら、身ひとつで炎から逃げる。

木のはぜる音。建物が崩れる地響き。人の怒号、悲鳴、嘆きが入り交じり、渦巻く。

つい今しがたまで、昨日までと変わりなく続けられてきた人の営み全てを、火の化け物が、呑（の）み込んでいく。

江戸は、燃えていた。

定火消（じょうびけし）の役人と、その下で働く乱暴者の火消し――臥煙（がえん）が、あちらこちらを駆け回っては、威勢よく怒鳴り合っている。

人々は、この臥煙と炎、双方から逃げ惑う羽目になった。

火から少し遠い辺りでは、避（よ）け合い、ぶつかり合いながら、人々がなるべく火から遠ざかろうと、急いでいる。

そんな中、若い女が、駒込（こまごめ）の往来に立ち尽くしていた。

美しい娘だ。歳(とし)の頃は、十五、六、というところだろうか。

娘は、黒目勝ちの瞳を、目の前の店(たな)に向けている。いかにも羽振りがよさそうな、大きな店だ。

きな臭い匂いは、すでに娘の周りにも届き始めていた。

火事を知らせる半鐘は、間を置かない「擦(す)り半(ばん)」で、鳴らされている。

火が近いという、相図だ。

なのに娘は、店を見つめていた。

娘とその周りだけ、時が止まっているようだった。

強い風が大きく揺らしている軒下(のきした)の看板には、辛うじて「八百屋」の文字が見える。

この八百屋は娘の家なのだろうか。娘の顔つきは、やがて燃えてしまうであろう住まいに、別れを告げている風でもない。

黒い瞳は、思いつめた、熱っぽい光を孕(はら)んでいた。

近くまで迫っている炎と同じだ。

「――」

年増の女が、娘の名を呼んだ。十歳(とお)に届かない女の子の手を、引いている。

「何をしているの」

娘は、年増の女へ振り向いた。

娘の周りの時が、動き出した。

「おっ母(か)さん」

る。

「早く、おいで」

母親は、娘の心裡を気遣っているようだ。優しい、穏やかな声で娘を促した。

店の裏口から奉公人達が出てきた。数人がかりで山のように家財道具を積んだ大八車を引いてい

娘は、他人事のような視線を大八車へ向けた。

奉公人を急き立てて、仕舞いに出てきたのは、店の主だ。

娘と目が合うや、男は眦を吊り上げ、叱りつけた。

「何を愚図愚図しているっ。先に寺へ行けと、言っただろうがっ」

「お父っつぁん」

娘の声は、やはり他人事のように、軽やかに響いた。

父は、苛々と奉公人を急かしてから、大股で娘へ近づいた。

「お前さん」

母が、父を止めた。

繋いでいた下の娘の手を離し、上の娘と亭主へ駆け寄る。

焦り、苛立っている父と、その父を淡々と見つめる娘の間に、母は割って入った。

「お前さんは、奉公人と家財をお願いします」

父は、苛立ったように母娘を一瞥してから、ふん、と鼻を鳴らし、不安げに指図を待っている奉公人の方へ駆けていった。

母は、ほっとしたような溜息を吐くと、娘の手首を捕え、引いた。

「さあ、早くお寺へ逃げましょう。ここももうすぐ火が回る。もしかしたら、火が回る前に――」

母は、活き活きと立ち働いている臥煙達を、恨めしそうに盗み見た。

臥煙達は、火に近い建物を片端から壊していく。火を消すというよりは、「燃えもの」を壊して、延焼を防ぐのだ。この店も、火より先に臥煙の手にかかってしまうのだろう。

娘は、母に返事をしない。足も動かさない。

看板が激しく揺れる店へ、視線を戻している。

母が、再び娘の名を呼んだ。

娘の、赤い唇が、音もなく動いた。

――燃えてしまえ。消えてしまえ。何もかも。このまま。


天和二年師走二十八。

乾いた冬の午、駒込の大圓寺から出たとされる火は、瞬く間に燃え広がり、上野池之端、日本橋界隈、深川などを焼き尽くした。

太夫──紅い禿

午を過ぎた八つ刻、浅草寺北の野原に囲われた官許の廓、吉原には、のんびりとした気配が揺蕩っていた。

昼見世はとうに始まっていて、格子に並ぶ遊女もいるが、客の姿は疎らだ。

そんな中、ひとりの女が、北へ向かっていた。

紅掛花色──明るく鮮やかな青に紅をほんの一滴垂らしたような、艶やかな青色と鉄紺の細かな縦縞の小袖に、天色──目に沁みる鮮やかな青の帯を締めている。髪は柘植の櫛を使って櫛巻きに纏め、簪はない。

紅も、白粉もなしだ。

歳の頃は、二十歳の少し手前あたりだろうか。若く、そして酷く美しい女だ。

地味な身なりも、かえってその美貌と肌の白さを際立たせているように見える。

器量、年頃、襟を大きく抜いた小袖の着こなし、女の身を包む匂うような艶やかさの一方で、立ち居振る舞いは至極品がいい。

かなり格上の遊女である。

この女、吉原での名を「紅花」という。

遊女を抱える置屋、京町一丁目の「巴江屋」が誇る太夫である。

端麗な容姿は無論のこと、豊かな学と溢れる才知、「意気」と呼ばれる心の強さで吉原遊女の頂点に立つのが、太夫だ。

置屋にとって何かと金子のかかる太夫は、年ごとに少なくなり、今では吉原全て合わせて、十人おるかおらぬか。

それだけに、今いる太夫はかえって吉原で際立ち、宝のように扱われている。

「紅花」の名は、紅掛花色からとった。

紅花の生まれ故郷、薩摩の、明け方の海の色だ。

太夫に上り詰める前から、常に装束も小間物も、紅掛花色を軸にして青や紫尽くしを身に着けてきた。それが紅花の「売り」のひとつになっている。普段着にも青や紫の小袖を選ぶ、こだわり振りだ。

その紅花が、供も連れずに向かったのは、大門裡の西の隅にある「開運稲荷」だ。

人影のない稲荷で、紅花は持ってきた油揚げの包みを供え、手を合わせた。

長いこと拝み続けてから、ゆっくりと目を開ける。

長い睫毛が、微かに震えた。

吉原は巻き込まれずに済んだものの、江戸の粗方が焼け野原となった火事から、まだ半年も経っていない。

なのに、大門裡は火事なぞすっかり忘れたように、変わらぬ色香と華やぎ、そしてうっすらとした気だるさに満ちている。

大門の外にいる身内の消息が未だ分からぬ娘も、いるだろうに。

紅花は、小さな溜息を吐いた。

紅花に、江戸の身内はない。だから願ったのは、吉原で暮らす者の身内、大切な人が無事であるように。

大門から外へ出ることが許されぬ身にできることは、それくらいしかない。

大半の遊女と違い、紅花は、吉原を出ることを願っていない。

思いを寄せた男と顔を合わせられるのは、ここ、吉原で太夫を張っているからこそ。

愛しい男は客ではない。画師をしながら幇間もこなす、風変わりな男だ。そしてその男の心には、別の女が住んでいる。

だから、思いを通わせることも、肌を重ねることもない。

それでも、紅花は時折その男と逢えるだけで、幸せだと思っていた。

ささやかな幸せを手放すくらいなら、吉原に閉じ込められている方がましだ。

つらつらと、そんなことを考えていた紅花は、ふと顔を上げた。

何やら、唄が聞こえる。

幼い女の子の高く澄んだ、邪気のない声が、楽しげに唄っている。

紅花は、立ち上がり、耳を澄ませた。

てんてん、てまり。てまりは冬に、つくものでなし。

ついたら、そこから火花が、てん。
てんと散った火花、風に乗って、屋根につく。
てんてん、屋根についた火が、あっという間に大きくなって。
ととさまもてんてん、かかさまもてんてん。
可愛い娘は、ひとりきり。
てんてん、てまり。てまりは冬に、つくものでなし。
つかずに、ねんねこ、てんてん、てん。

聞いたことのない節回しに乗せた物騒な言葉に、空恐ろしさが湧き上がる。

声をかけようかと思ったが、唄が止んでしまいそうで、思い直した。

薄気味悪い一方で、聞く者の心を引き付ける唄声だったのだ。

紅花は、声のする方、稲荷の祠へ向かった。

祠の陰を覗く。

澄んだ唄声は、そこから聞こえていた。

艶やかな黒髪を肩で切り揃えた女の子が、祠の裏にしゃがみ込み、唄を唄っている。

梅重の明るい紅赤の小花の小袖に、帯は、朱華と呼ぶ黄みがかった淡い赤、同じ古風な色遣いだが、まるで炎の化身のようだ。

朱華の帯は、かつて紅花に付いていた禿に誂えてやった装束のうちのひとつだ。

その禿は元々身体が弱く、新造にもなれずにあの世へ旅立ってしまった。

目に沁みる赤がよく似合う娘で、赤や橙が好きだと言っていた。本当なら紅花の青の装いに合わせた色味の装束にするところを、帯だけは朱華で誂えてやったのだ。

大層喜んでいた、幼い笑顔が目の裏に蘇る。

あの帯は、せめてもの手向けにと、禿の骸に締めてやったはず。

目の前の女の子が、ふと唄を止めた。

この娘の白い肌、くっきりと整った横顔にも、炎のような朱華の色がよく映えている。

「お前、どこいなたの子だえ」

紅花は、廓言葉で問いかけた。

廓言葉は、置屋によって違いがあるのだが、吉原で一、二を争う置屋「巴江屋」の言葉は、取り分け美しく艶やかだと評判だ。紅花が、吉原に来て覚えたものに、より柔らかく涼やかに聞こえるよう少しずつ工夫を加えてきた、賜物である。

紅花の問いかけに、娘が立ち上がり、振り返った。

やはり、美しい子だ。
七、八歳だろうか。前髪も、額で綺麗に切り揃えてある。
ぱっちりと見開かれた形のいい目が、じっと紅花を見つめた。

驚いたり、怯えたりしている様子はない。

紅花は、生唾を呑み込みかけて、堪えた。微かに肌が粟立った。

黒い瞳の闇に取り込まれる幻に、眩暈を覚える。

気を落ち着けて、娘の前にしゃがみ、同じ高さで目を合わせる。

そっと小さな肩に手を置くと、娘は、ちょこんと首を傾げた。

紅花は、同じ問いを繰り返した。

「どこなたの見世の禿だえ。名は、何と」

娘は、迷っているように、紅花に訴えるように、口を開きかけた。

そしてすぐに、思い直したように唇を引き結ぶ。

力が入った唇が、やけに赤かった。

花のような装いに、陽の光が当たる。

燃えているようだ。

なんとなし、紅花は思った。

ふいに、禿がにっと笑った。

その瞳を見返した途端、頭の後ろが、じんと痺れた。

魅入られる、と感じた。

ついで、痺れは、黒い瞳と禿の笑みが、紅花の「すべて」になるほどに、広がっていく心地がした。

黒い瞳に、吸い込まれる。

鈍い頭で、のろのろと考える。

蜘蛛の巣に掛かった虫とは、こういう心持ちになるのだろうか、と。

だしぬけに、呪縛が解けた。

ほ、と息を吐く。

今のは、なんだったのだろう。

紅花は、そろりと禿の瞳を見た。

あの痺れも、そこから続く奇妙な心地も、やってはこなかった。

禿が、不思議そうな顔をした。

すぐに、禿は幼い童が玩具に飽きたような顔で、紅花から視線を逸らした。

「探して、いるの」

あどけない声で、禿は訴えた。

「探すとは、何をえ」

紅花が問い返した時——。

「太夫。紅花太夫」

稲荷の外で、自分を呼ぶ声が聞こえる。

紅花が面倒を見ている新造のひとり、綾糸だ。

立ち上がって、稲荷の入り口の方を見遣る。

「太夫ぅ。どちらにおわしんすかぁ。そろそろ、お支度の刻限でござんすよぉ」

綾糸の声には、早々に涙が混じっている。

明るく、人好きのする性分だが、すぐに泣くし、気弱にすぎるのが綾糸の困ったところだ。

容易く取り乱す女、気弱な女は、吉原では生きていけない。

やれやれ、と紅花は溜息を吐き、まだまだ手のかかる新造を呼んだ。

自分に付いた見習い遊女——新造の面倒を見、一人前にするのは、格上の遊女の役目だ。

聞こえなかったのか、「たゆぅぅぅ」という、綾糸の涙声が、少し遠のいた。

慌てて、

「綾糸」

と、少し大きな声で泣き虫の新造を呼んだ。

「紅花太夫っ」

弾んだ声、から、ころ、と近づいて来る下駄の音。

さて、この子をどうしよう。

振り返ると、つい今しがたまでそこにいた禿の姿は、なかった。

幕間（まくあい）――芝居

公儀（おかみ）から「大芝居」を舞台に掛けることを許された、江戸指折りの芝居小屋の一、市村座（いちむらざ）の客席は、水を打ったように静まり返っていた。

舞台の上の役者は、たったひとり。女の形（なり）をした役者――女形（おやま）だ。

朱の振袖を纏った「姫」が、大きな銀杏（いちょう）の木に縛り付けられていた。

『大銀杏錦秋仇討（おおいちょうあきのあだうち）』、仕舞い近くの一場（いちば）である。

お家乗っ取りを企（たくら）んで父を殺した「謀反人（むほんにん）」に捕まった挙句、家督を継ぐ証（あかし）となる宝物を持つ「天下無双の家臣」をおびき出す餌（えさ）にされている、という場である。

「姫」は、嘆く。

お家のためにも、「天下無双の家臣」のためにも、助けに来てはいけない。

どうにか、この思いを伝えられぬものか。

どうにか、この縄を断ち切ることができぬものか。

黄金色（こがねいろ）の銀杏の葉が、「姫」に舞い落ちる。

朱の振袖に映える銀杏の葉、囚（とら）われの「姫」が嘆き悲しむ様が、美しい場だ。

この後、かつて「姫」が猫から助けてやった白い鼠（ねずみ）が現れ、縄を食いちぎり、「姫」がもう少しで逃げ出せそうというところで、「謀反人」に見つかり、最早（もはや）これまで、となったところで、「天下無双の家臣」が助けに現れる。

と、そんな流れだ。

つまり、未だ「天下無双の家臣」の姿は舞台にはなく、この芝居一番の見せ場の少し前、というわけだ。

にも拘わらず、客達の心は、「姫」に釘付けだ。

女客はすすり泣き、男客は、囚われの「姫」の気高くも妖しい美しさに、息をするのも忘れて、見入っている。

舞台袖に控える舞台番の男が、誰にも聞こえぬほどの小さな声で、気遣わしげに呟いた。

「やりすぎだぜ、清之助さん。また、立役者食っちまって」

黒衣が、白鼠を操り、舞台へやって来た。

白鼠が縄を食いちぎる芝居に合わせて、腕の縄が解ける——はずであった。

荻島清之助は、はっとした。

縄が、解けない。

戸惑っている白鼠役の黒衣へ、清之助は唇を動かさず、早口で伝えた。

「後ろへ回って、縄を解いとくれ。鼠の芝居も忘れずに」

そうしておいて、黒衣が縄を解く間を、「鼠の助けを有難がる」捨て台詞——その場でこしらえる、台帳にはない台詞で繋ぐ。

大丈夫。清之助は自らを落ち着かせた。

「不始末」に気づいている客もいるだろうが、まだ騒ぎ出してはいない。

「解けやした」

黒衣の囁きに小さく頷き、立ち上がろうとした時、すぐ脇で何かが軋む、厭な音がした。

「姫様、後ろじゃ――っ」

舞台番が叫んだ。

体が勝手に動いた。

銀杏の木から、飛び退く。

大銀杏を祀る鳥居が、清之助――「姫」が囚われていた場所へ、重い音と共に倒れた。

客が、騒ぎ出した。

どうした。何があった。

どうして、鳥居が倒れた。

あの大道具、張り子じゃあなかったのかい。

床をへこませた大道具の鳥居を一瞥し、清之助はすぐに我に返って芝居を続けた。

ここは、息を詰めるような場から、立役者の見せ場、大立ち回りへと続く芝居だ。

本当なら、笑いを取って、芝居を緩めるのはよくないが、致し方なし。

不始末に気を取られている客を、芝居へ向け直す方が先だ。

『おお、大銀杏も妾をお助けくださったか。じゃが、この身に当たれば、ちと、痛いぞ』

しん、と客が静まったかと思いきや、芝居小屋は、笑いに包まれた。

ようやく、「謀反人」役が舞台へ現れ、芝居が元の流れに戻った。

清之助は、衣装を解き、化粧を落として早々に、座元――芝居小屋の主に呼び出された。

芝居小屋で一番広い部屋は、蚊遣りの煙でむせ返るようだ。

居並ぶのは、座元の他に、市村座の役者すべてを束ねる座頭坂本光三郎、つい先刻、「姫」の味方を演じたばかりの清之助よりも十ばかり歳上の役者、押上辰乃丞、それに当世「女形四天王」の一と謳われ、市村座の女形達を纏めている重鎮、芳野珠女だ。

うー、あー、ごほん、と、座頭の光三郎が、言いにくそうに、唸り声やら咳払いやらを並べてから、ようやく切り出した。

「怪我がなくて何よりだったね、清之助」

清之助はほんのりと笑って、丁寧に頭を下げた。

「ご心配をおかけいたしました。それよりも、芝居を滞らせちまって、面目次第もございません」

声は男の地声に戻しているが、所作はたおやかな女形のものだ。

「荻島清之助」は舞台を降り、町中で見かける折でも、月代を野郎帽子で隠して薄く化粧をし、女姿、女の振る舞いを貫いている。

辰乃丞が、耳障りな声を上げた。

「まったくだぜ。俺の見せ場が台無しだ。縄が解けねぇんなら、縛られたまんま大人しくしてりゃあよかったんだ。それを、黒衣に指図し、勝手に芝居を引っ掻き回しやがって。手前ぇが何やったか、分かってやがるのか。えぇ、清之助」

だったら、とっととお前さんが出てきて、芝居を仕切りゃあ、よかったろうに。

清之助は、口の先まで出かかった悪態を、音もなく呑み込んだ。

座頭が、額に浮かんだ汗を手拭いで拭きながら、辰乃丞を宥めた。

「辰乃丞。そりゃ、言いすぎだよ。あのまま縛られてたら、清之助は無事じゃあ済まなかった。それに、芝居だって、うまい具合に元の筋に戻してくれたんだから」

辰乃丞がいきり立った。

「ですからね、座頭。そいつは、立役のあっしの役目だってぇ、言ってるんですよ」

若衆――前髪を下ろした少年が舞台に立つ芝居を公儀に禁じられ、野郎が女を演じるようになってから、三十年と少し。女形の芸も確立され、巷では「女形四天王」と呼ばれる役者も現れた。とはいえ、立役――男を演じる役者に人気は集まりがちで、芝居小屋、役者の間でも立役が中心になりがちだ。

そんな中、類まれな容姿、すっきりと気持ちのいい口跡、そして「本物の女よりも女らしい」と評判の色気と所作で、絶大な人気を誇っているのが、若手の女形、荻島清之助であった。とりわけ、女達からの人気は相当なもので、熱心な贔屓の数は、なまじな立役なぞ歯が立たないほどである。

光が眩ければ、落ちる影も濃くなるのは世の理で、市村座の役者で清之助を疎んじる者は少なくない。

加えて厄介なのが、共に舞台に立つ立役の影が薄くなってしまうほどの清之助の芝居の才だ。

清之助の容姿と芝居は、客達の視線をまとめて引き付け、放さない。

役者の間では、「立役喰らい」と噂されているほどだ。

そしてその「立役喰らい」の餌食にたびたびされているのが、同じ芝居に出ることが多い、辰乃丞なのだ。つまり、「清之助憎し」の先鋒である。

きっと、清之助の縄が解けないよう細工したのも、鳥居の頭の張り子に、ぎっしりと石が詰められていたのも、その鳥居が清之助目がけて倒れてきたのも、辰乃丞の目論見、指図だ。

清之助は、そう踏んでいた。

大道具や裏方は、稲荷町という端役の役者が兼ねていることもある。

稲荷町は、座頭が目を掛けている辰乃丞に、逆らえない。

辰乃丞の一言で、稲荷町なぞあっという間に芝居から干されてしまうのだ。

座頭が言葉を探している間を突いて、辰乃丞の舌鋒は勢いを増した。

「座頭。こいつは、市村座のためにならねぇ。市村座の芝居を、ぶち壊しにする奴だ。いっそのこと――」

「清之助」

清之助を呼ぶ厳しい声が、辰乃丞を黙らせた。

珠女だ。

「お前が、悪い」

「女形四天王」のひとりは、怒りに満ちた目で清之助を見据えた。

「お前の普段の振る舞いが敵をつくり、今日の舞台の不始末を呼んだ。鳥居に詰めてあった石が、お客さんに当たってたら、どうするつもりだったんだい」

あの鳥居に詰めてあった石は、鳥居の倒れる向き、張り子の鳥居のつくり、どれをとっても、客には間違っても飛ばないようになっていた。

身動きが取れない清之助だけに当たるよう、念入りに細工がされていた。せいぜい運の悪い黒衣が軽い怪我をするほどだったろう。

舞台番が、そう教えてくれた。

そしてそれは、珠女も承知だ。

清之助は、平伏した。

「まことに、面目次第もございません」

珠女は、清之助を責めているのではない。庇ってくれているのだ。

このまま、辰乃丞にしゃべらせていたら、辰乃丞に甘い座頭は、清之助を市村座から追い出すと言い出しかねない。

女形を纏めている珠女自らが清之助を厳しく叱ることで、辰乃丞を黙らせた。

辰乃丞は、珠女の剣幕を目の当たりにし、気を呑まれたような顔をしている。

珠女が、声を落ち着けて、市村座の持ち主である座元へ申し出た。

「清之助は、暫く舞台には上げません」

座元が、苦い溜息をひとつ吐き、清之助に語り掛けた。

「解けなかった縄も、鳥居の石も、お前ぇの咎じゃあねぇことは承知だが、このまま何もなしじゃあ、皆収まらねぇ。ちょっとした骨休みだと思って、暫く芝居から離れてみねぇか」

女形――吉原漫(そぞ)ろ歩き

夕刻、吉原で聞く、軽やかで平易な三味線の曲『清掻(すががき)』は、夜見世(よみせ)が始まる合図だ。新造という遊女の見習いが、格子の内で掻き鳴らしている。

　客の男達は、格子に並ぶ遊女を品定めしたり、物慣れない様子であちこちを見回したり、格子を挟んで馴染(なじ)みの女と言葉を交わしたり、と様々だ。

　雑多な客の間を、滑るように進んでいく一人の男がいた。

　歳は二十を二つ三つ、超しているだろうか。少し線が細いが、色白の男前だ。切れ長、黒目勝ちの目は涼しげで、さりげない仕草から愛嬌がこぼれ落ちる。

　そんな色男の客に、格子の遊女達が誘いの印である煙管(キセル)を差し出さない理由(わけ)は、二つある。

　ひとつは、男が紅掛花色の帯を締めていること。煙草入れと根付(ねつけ)を結んだ組紐(くみひも)の色も、紅掛花。

「巴江屋」の太夫、紅花の相方だと言いふらしながら歩いているのも同じ男に、声を掛ける強者(つわもの)はそういない。

　いまひとつは、男から漂う色気だ。

　丁寧に剃刀(かみそり)を当てた月代、細く整えられた髷(まげ)、袖に仕舞った左手。

　どこから見ても「いい男」なのに、なぜか遊女達は感じる。

　この色気には、敵わない。

だから男に真正面から見つめられると、いたたまれない様子で、誰もが顔を背けるのだ。

この色男、名を新九郎(しんくろう)という。

新九郎が、市村座で人気の女形「荻島清之助」であることに誰も気づかないのは、化粧を落とし、男姿をしているからだ。

普段、新九郎が「荻島清之助」として振る舞う時は、常に女姿、女の振る舞いを心掛けている。

だから、役者「荻島清之助」の衣を脱いだ新九郎、素の男姿を知っている者は、ごくまれである。

そんな訳で、新九郎は周りの目を気にすることなく、のびのびと吉原を歩いていた。

微かに口許(くちもと)を緩ませ、新九郎は考えた。

前は、清掻ってのはどことなし哀(かな)しく聞こえたもんだが、あの大火事からこっち、妙に明るく感じるねぇ。

その明るさは、芝居小屋とよく似ている。

江戸では、火事は珍しくない。とはいえ、江戸の大半を焼き尽くした昨年師走の火事は、酷いものだった。

町はあっという間に作り直されたが、大切な人、大切な身代(しんだい)を失った人の心は、どれだけたくましく振る舞っても、そうそう癒えるものではない。

ここへ来れば、「火事の傷」を忘れさせてくれる。

芝居小屋も吉原も、そんな明るさを保っているのだ。

なめらかな足取りで新九郎が向かったのは、大門から仲之町(なかのまち)を進んで初めの角を右へ入った、江(え)

戸町一丁目の揚屋「松葉」だ。

揚屋は、太夫と客が逢瀬を愉しむ見世で、豪勢な宴も揚屋で張られる。

「松葉」は、奉公人がよくしつけられていて、出される料理も飛び切り旨い。新九郎は大食いではないが、旨いものに目がない。

「太夫の宴も『松葉』の料理も、随分と久し振りだねぇ」

芝居を干された憂さを吹き飛ばすつもりで、敢えてうきうきと呟き、新九郎は「松葉」へ足を踏み入れた。

太夫――怪談

紅花は、「松葉」の八畳間で今宵の客、新九郎を迎えた。

新九郎の宴での装い、宴のしつらえには、取り分け気を遣う。

客によって、もてなしを変えるわけではない。新九郎の望むことを、余さず叶えているのみだ。

新九郎とは、床を共にしない。

芸妓も幇間も呼ばない。新九郎の興が乗れば、紅花が琴をつま弾いたり、新造の小雪が三味線を奏でたりはするが、ごく穏やかで静かな宴である。

ただ、粋な遣り取りを愉しみ、手を掛けた料理を愉しみ、そして紅花と、紅花がしつけている新造の立ち居振る舞い、仕草、話し方や声を耳目に刻むために、新九郎は大金を使う。

それはすべて、「女」を学ぶため、女形として「芸の肥やし」にするため、だ。

だから紅花は、新九郎に「飛び切りの女」を見せるために腐心する。

今宵の打掛の地色は、いつもの紅掛花色。一面に銀糸の縫箔で流水模様が施され、その流れに、碧の紅葉が小さく浮かんでいる。

打掛の下の小袖は、淡い空色の白縹、だらりの帯は、夏のよく晴れた空を写した紺碧に、銀糸で様々な夏の花が織り込まれている。手にした長い煙管には、雁首と吸い口の間の羅宇一面に、青みの強い螺鈿細工が施されている。柄は蝶だ。

紅花に付き従う新造は、甕覗(かめのぞき)——淡い水色に白い薔薇(そうび)の柄の振袖。

涼しげで華やかな、夏の装いである。

客は新九郎ひとり。迎えるこちらは、紅花太夫の他は、紅花付きの新造三人のうち、口の堅い小雪という娘がひとり、禿もいない。

男姿で現れる新九郎が、芝居町(しばいまち)界隈では「立役喰らい」と噂される人気の女形「荻島清之助」だとは、誰も気づくまいが、万が一ということもある。

舞台の上で演じられる「芝居国(しばいこく)の女」と、生身の役者「荻島清之助」を重ねるのは野暮というものだ。ただ、今の「清之助人気」は、野暮だ粋だでは済まされない熱を帯びている。

この人気を支えている女子(おなご)達は、「清様(せいさま)が女を買う」ことを許さない。

役者を指す際に使われる屋号ではなく、「清様」と呼ぶあたり、舞台の上の役と生身の清之助を一緒くたにして考えている証だろう。

そんな訳で、「荻島清之助」が吉原へ通っていることが知られては、まずいのだ。

ごく静かな宴では、外の田んぼで、けろろ、けろろとしきりに鳴く蛙(かえる)の声も、聞こえてくる。

新九郎は切れ長の目を細め、寛(くつろ)いだ風で、愛(め)でるように紅花と小雪を眺めている。

今宵のしつらえ、紅花と小雪の装いは、どうやら眼鏡に適(かな)ったようだ。

いつもなら、ここから先も、正直気の抜けないこと続きではある。何しろ一挙手一投足を確かめられているのだ。

けれど今日の新九郎は、少し様子がおかしかった。

穏やかで涼やかなのは変わらないけれど、いつもより、明るく饒舌なのだ。

支度させた膳は、刻んだ慈姑ときくらげのふんわりとした卵とじ。夏蕪の澄まし汁は、京風の昆布だしで、山葵を添える。鯛のすり身と茄子の煮物は白味噌で仕立て、胡麻を掛けて仕上げる。それから、そら豆を擂り入れた爽やかな豆腐。

酒はいつもの、江戸ものの酒。伊丹からの下り酒が良しとされる中、新九郎は江戸で醸し、少し長く寝かせた酒を好んでいる。杉樽の香りが、いい具合に移っているからなのだそうだ。

料理も酒も、「松葉」の勝手に紅花が頼んで揃えて貰った、新九郎の好物だ。

なのに新九郎は、ほとんど口をつけていない。

新造の小雪に、芝居の筋を楽しげに聞かせている。怪談もののようだが、これがいつもより芝居がかっている。

声の上げ下げ、身振り手振りまでつけているのは、紅花も初めて見た。

小雪は、吉原にいる間は見ることのできない「芝居」に夢中で、目を輝かせ、息を詰めて新九郎の話を聞いている。

ふ、と新九郎が息を吐き、思い出したように酒で口を湿らせた。

息ひとつ分遅れて、小雪が、ほう、と溜息を零した。

「ああ、怖うおした。ねぇ、太夫」

怖かった、という割に、弾んだ声、きらきらした瞳で話しかけてくる。

新造の呼びかけで我に返った紅花を、新九郎が見咎めた。

「おや、ぼんやりして。太夫はあたしの話を、聞いちゃあいなかったのかい」

紅花は、にっこり笑って首を横へ振った。

新九郎の様子に気を向けていたけれど、怪談の筋は、抜かりなく頭に入れている。

「あまりの恐ろしさに、ぼんやりしていんした」

そう応じると、新九郎がからかうように笑った。

「一度に、幾人もの話を聞き分けられるお人だからね、太夫は」

それから、穏やかな声で新九郎が訊ねた。

「太夫は、怪談や妖の話は、お嫌いだったかい」

長い付き合いとなっても、細やかに気遣ってくれる新九郎が、紅花は好ましかった。

いいえ、と答えてから、そっと訊ねる。

「何ぞ、ござんしたか」

新九郎の瞳が、微かに揺れた。

「賢しいよ、太夫」

その声には、どんな咎めも、苛立ちも滲んではいない。新九郎の怒ったところを、馴染みになって随分経つが、紅花は見たことがない。

ただ、その声には、ほんの僅か、迷いのようなものが混じっていた。

何やら、話して憂さを晴らしたいことがあるのでは。

そうは思ったが、続けて確かめることはしなかった。

新九郎は、穏やかだけれど、頑固なところがある。直截に訊ねるのではなく、どうにかこの宴の間に、新九郎から話したくなるように仕向けるのが、紅花の役目だ。

微笑みを交わしながら、見つめ合いながら、その裏でのちょっとした腹の探り合い――紅花と新九郎の遊びのようなものだ――をしていると、小雪がそろりと割って入ってきた。

「新さんは、今、吉原でも、気味の悪い噂があるのを、ご存じでいんすか」

小雪は、先刻よりも更に、きらきらと目を輝かせている。

新九郎が、紅花から小雪へ視線を移した。

「なんだい、気味の悪い噂ってのは」

小雪が、声を潜めて答えた。

「『お七様』が、化けて出られるんでござんす」

「『お七様』ってのは」

「火焙りになった、あの『お七様』でござんすよ」

紅花は、軽く顔を顰めた。

近頃、大門裡で噂になり始めている、あれだ。

夕暮れ、夜見世が始まる少し前、女の童の澄んだ唄声が聞こえてくる。

聞いたことのない子守唄だが、その綺麗な声に誘われ、声の主を探すと、七、八歳ほどの、声と同じように美しい童と出くわす。下ろした前髪、肩で切り揃えた髪。どこかの置屋の禿だろうか。

声をかけて、名を訊ねると、その子は答える。

七、と。
そうして、七と名乗った子は、あどけない顔で言うのだ。

――探しているの。

何を、と問う。

七は答える。

――私、を。私はどこに行ったのかしら。ねぇ。お前様は、私を、知らない。

一度黙った小雪が、ぶる、と、身体を震わせ、声を潜めて続ける。

「自分を探すなんぞと、空恐ろしい話に、皆が皆、ぞっとして逃げるか、腰を抜かしている間にその禿はいなくなるんだそうでござんす。落ち着いてから探してみても、どこなたの置屋にも、お七といわす禿は、おりんせん。きっと、『お七様』が、失くしてしまった自らの身や、恋しいお人を探して――」

「止しなんし」

やんわりと、紅花は小雪を遮った。

憧れの太夫に窘められ、しょんぼりしてしまった小雪を、新九郎が取り成す。

「いいじゃないか、太夫。面白そうな話だ。火焙りになった『お七様』ってぇのは、読売で騒がれてた八百屋の娘のことだろう。けど、確か、歳の頃は十六じゃやなかったかい」

「ご存じでいんしたか」

紅花は新九郎に確かめた。新九郎が涼しい顔で答える。

「そりゃあ、今どきの噂や流行りものは、一通り押さえておかないと、ね」

吉原も、噂の集まるところだ。

女達は外へ出られなくても、外からやって来る客が、我先に様々な噂を持ち込んでくれる。

宴に添えるために、外へ出られない遊女達の気を引くために。

紅花は、付いてくれている若い衆、彦太に件の読売を手に入れて貰い、客の噂に先んじて読んでいた。

噂はざっと、こんな風だ。

十六の若い娘が火付けをして、火焙りになった。

事の起こりは、去年の師走の火事だ。

火元の近く、駒込にある八百屋の大店も、みんな灰と炭になった。

その八百屋の娘、七は、二親と共に逃げ込んだ寺で、ある男と出逢った。

器量よしの娘と色男は、一目で恋に落ちた。

ところが、大店の娘と貧乏長屋の男では、釣り合いが取れるはずもなし。

娘の二親が早々に八百屋を建て直し、寺を出て行ったことで、二人は離れ離れになった。

どうしても惚れた男に逢いたかった娘は、真新しい自分の家に火を放った。

火事になれば、また寺で恋しいあのひとに、逢える――。

けれど火は、小火で消し止められ、娘は縄目を受け、この弥生、火刑で命を落とした。

「愚かだけれど、哀れな話」

ぽつりと、小雪が呟いた。

「さて、そいつはどうだろうね」

新九郎の言葉に、小雪が小首を傾げた。

「新さん」

新九郎は、困ったように笑ってから、小雪へ告げた。

「小雪の優しい気持ちに水を差して申し訳ないけどね。ちょいとばっかり胡散臭(うさんくさ)い。いかにも芝居の台帳(ほん)のような筋立てじゃあないか」

「でも、新さん」

「ああ、小雪の言いたいことは分かっているよ。その八百屋の娘が、火付けをしでかし、火焙りになったのは、確かな話だ」

新九郎が、新造を宥めるように言い添えてから、話を戻した。

「それで、その禿だか『お七様』の幽霊だかは、何か悪さをしているのかい」

小雪は、首を横へ振った。それから新九郎と紅花、二人に向かって訴えるように言い募る。

「でも、気味が悪うはござんせんか。なぜ、『お七様』が吉原へおいでになるのか。自分を探すとは、どういうことなのか」

祟(たた)りを恐れて、件の禿を「お七様」と丁寧に呼ぶ小雪を、新九郎がからかう。

「確かに、恋に破れて火焙りになった娘なら、吉原辺りに化けて出てもおかしくない。ああ、もしかしたら、好いた男が吉原へ通っているのかも、しれないねぇ」

小雪が、ひ、と小さな悲鳴を上げた。新九郎は気味の悪い話を、楽しげに続ける。

「いや、その『お七様』を名乗る禿は、自分を探しているんだっけね。それじゃあ、もうとっくに灰になっちまった身体を探して、さ迷ってる」

とうとう、小雪が涙声になった。

「新さん、止してくんなんし」

新九郎は、笑いながら詫びた。

「おや、からかい過ぎちまったか、すまない、すまない。そんなに恐ろしかったかい」

それから笑みを収めて、紅花に視線を戻す。

「どこぞの見世の『引っ込み禿』ということはないのかい」

「引っ込み禿」とは、器量良しの子、ものになると思うような子を、太夫や格子の遊女に付けずに、楼主自ら育てる禿のことを指す。芸事を習わせたり、男を骨抜きにする手管を仕込んだり、初めから格子や太夫にすることを見据え、手塩にかけて育てる。見世に出すまで楼主が抱え込んで、あまり他人の前に出さないことが多い、いわば置屋の秘蔵っ子だ。

紅花は、ゆるりと首を振った。

「どれほど仕舞い込んでも、所詮は置屋の中、大門裡での話でござんす。どこぞの御楼主が、こういう『引っ込み禿』を育てているという噂は、必ず立ちんす。また、そうでなければ、いざ見世に出た時、いいお人が付きにくうおす。あちらの置屋の『引っ込み禿』は、大層な器量よしらしい。向こうの楼主が育てている子は、たぐいまれな舞の才を持っているそうな。そんな風にじらしながら、上等な主さんを品定めする」

新九郎が、ふっと笑った。

「なるほど、えげつないねぇ。あたしも品定めされないよう、気をつけなけりゃ」

すかさず、小雪が口を尖らせた。

「新さんには、太夫がお出ではありんせんか。『引っ込み禿』なんて、とんでものうおす」

はは、と、新九郎が朗らかに笑った。

「こりゃ、小雪に一本取られた」

楽しげに言ってから、ひとつ頷く。

「つまり、そういう『引っ込み禿』の噂は、まるでないというわけだね」

「あい」

答えた紅花に、新九郎は頷いた。

新九郎の黒目勝ちの目が、ひたと紅花を見据えた。

紅花は、思わず目を逸らしそうになる自分を叱りつけた。

頭の奥まで覗かれているような――。

そんな心地が湧き上がってきた時、出し抜けに新九郎が視線を逸らした。軽い調子で、新九郎が切り出す。

「どれ、その話、あたしが少し、探ってみるかい」

「新さん」

紅花が呼んでも新九郎は知らぬ振りだ。

「まずは、あの読売を書いた読売屋を当たるとするか」

うきうきと呟く新九郎は、普段の穏やかな新九郎と変わらない。紅花はそっと息を吐き、気を落ち着けてから、目の前の役者を気遣った。

「やはり、市村座で何ぞござんしたか」

新九郎が、顔を顰めた。

だが今度は紅花を「賢しい」と言って、話を止めることはなかった。

「思わぬ暇が出来ちまってね」

小雪は敏(さと)い。この一言で、新九郎に何があったのか、察したようだ。

「酷い」

哀しげに、呟く。

新九郎は「立役喰らい」だ。その人気をやっかんだ立役が、何か仕組んだのだろう。芝居を降ろされたか、新九郎自ら察して降りたか。

新九郎は、小雪へ柔らかな笑みを向けた。

「おや、案じてくれるのかい。小雪は優しいね」

小雪が、ぽ、と頰を染め、「そんな」と呟いた。

むしろ清々(すがすが)しい様子で、新九郎は言った。

「まあ、そんなわけでね、噂を追っかける酔狂をする時も気分も、持ち合わせてるってことさ。小雪も薄気味悪いだろうし、太夫にしたって、この話があまり大きくなっちゃあ、お困りだろう」

顔を曇らせた紅花へ、新九郎が再び強い視線を当てる。

「おや。違うのかい」

新九郎が訊いた。

再び、座の気配がほんの少し張り詰める。

紅花は、念入りに言葉を選んで告げた。

「もう少し、様子を見ては、くださんせんか」

「なぜ」

「このまま何もなければ、噂なぞ、あっという間に忘れられんす。それが、一番」

新九郎の目が強い光を放つ。紅花は、微笑み交じりで応じた。

小雪が、心配そうな顔で二人を見比べている。

ふ、と新九郎が笑った。

わずかに張った気配が、柔らかに緩む。

「太夫がそう言うなら、面白そうな話だけれど、諦めるとするかな」

それきり、新九郎は怪談にも「お七様」の話にも触れず、上機嫌で静かな宴を愉しみ、大門が閉まるより随分早く、「松葉」を後にした。

女形——朱華の帯

次の日の午、新九郎は再び大門を潜った。

紅花に、置屋へ呼び出されたのだ。紅花の置屋「巴江屋」は、京町一丁目にある。

大門から延びる仲之町をまっすぐ進んだ一番奥の辻を右へ曲がった時、目の端を紅いものが過った。

「あれは」

新九郎は、一旦「巴江屋」を通り越した。この先の左隅には開運稲荷がある。

紅花が、日頃から手を合わせているという稲荷だ。

そっと足音を忍ばせて稲荷へ足を踏み入れ、辺りを見回すと、ふいに澄んだ唄声が聞こえてきた。


てんてん、てまり。てまりは冬に、つくものでなし。

ついたら、そこから火花が、てん。

てんと散った火花、風に乗って、屋根につく。

てんてん、屋根についた火が、あっという間に大きくなって。

ととさまもてんてん、かかさまもてんてん。

可愛い娘は、ひとりきり。

てんてん、てまり。てまりは冬に、つくものでなし。
つかずに、ねんねこ、てんてん、てん。

子守唄だが、聞き慣れない節回し、聞いたことのない、薄気味の悪い言葉。小雪が話していた通りだ。

新九郎は、そろりと声を掛けた。

「悪戯(いたずら)っ子は、どこに隠れているのかな」

ふっと、子守唄が止んだ。

息を詰めて待っていると、稲荷の祠の後ろから、幼い娘がひょっこりと顔を出した。

大人びて見えるが、歳は七つくらい。美しい娘だ。紅(くれない)に朱、燃えるような色の装いである。

うっかりすると魂を吸い取られそうなほど、妖しい美しさ。

新九郎は、少し考えてから、まず訊ねた。

「面白い子守唄だね」

嬉(うれ)しそうに、娘は頬を染め、笑った。

笑った顔で、娘は新九郎を見つめた。

新九郎も笑い返した。

「どうした。そんなにこの顔が、美しいかい」

新九郎の軽口に、娘は首を傾げた。

「ふたりめ」

不審そうに、ぽつりと呟く。

「ふたりめって」

訊き返すと、娘が小さく、楽しげに笑って首を振り、告げた。

「わたしが、つくったの」

「え」

「うた」

先刻の子守唄か、と思い出し、新九郎は応じた。

「へぇ、そいつはすごい」

褒められ、ふふふ、と娘がまた笑う。

「ところで、嬢ちゃんはあたしに何か用かい」

娘は、ちょこんと小首を傾げ、新九郎を見ている。

濡れたような円らな目は、瞬きが酷く少ない。

「用があるから、出て来てくれたんだろう」

新九郎がもう一度確かめると、ふっくらと柔らかそうな唇が、動いた。その拍子に、ほんのりと清しい香りが漂う。この香に、新九郎は覚えがあった。

娘は、少し声を低くして、告げた。

「探しているの」

哀しげでもあり、喪った何かを懐かしんでいるようにも聞こえた。

見かけよりも、もっと歳がいっているのではないだろうか。

ふとそんな気がする、色々な想いを含んだ呟きだ。

新九郎は、逸る心を宥め、飛び切り優しく訊ねた。

「嬢ちゃんの名は。一体、何を探しているんだい」

「七。わたしは、私を探しているの」

おや。

新九郎は、七と名乗った娘の言い回しに引っかかった。

それは役者の耳、というより、役者の性分ゆえの、引っかかりだ。

わたしと、私。何かの意味を持たせているのか。だとしたら、大人顔負けの敏さだ。

新九郎は、敢えて七の言い回しを真似てみた。

「私って、嬢ちゃんは、今ここにいるじゃあないか」

七は、ちょっと驚いた風で新九郎を見つめた。

にっと笑った小さな唇が、低い夜空に浮かんだ、紅い三日月のようだ。

「わたし、あなたのこと、好きよ」

大人びた言い方が、かえって可愛らしい。

そのはずなのに、新九郎の肌は粟立った。

細い、細い蜘蛛の糸が、ふわりと、自分の手足に纏わりつくような、心地だ。

七が呟く。

「わたしが、私を探してたら、おかしいかしら」

「そうだねぇ。あまり、聞かないねぇ」

「知りたい」

問うた声は、手慣れた遊女のような、淫靡な艶を含んでいる。

「何を、だい」

「どうして、わたしが私を探しているのか。私はどうして、わたしから離れちゃったのか」

新九郎は、少し間を置いて、また問い返してみた。

「知りたい、と言ったら。嬢ちゃんは教えてくれるのかい」

赤い唇の端が、更に、きゅっと持ち上がった。

「どうしようかなぁ」

気を持たせる台詞。遊女と駆け引きをする客の心地になって、言葉を探したところで、

「新さん。新九郎の旦那」

と、ふいに後ろから声を掛けられ、新九郎は振り向いた。紅花に付いている若い衆、彦太だ。口数は飛び切り少ないが、性根がまっすぐで口も堅い。信を置ける男だ。

彦太は、怪訝な顔で訊いた。

「おひとりで、何をしておいでです。どなたかと話していたように聞こえやしたが」

新九郎は、目の前の「お七様」を見た。

「お七様」は悪戯に笑って、内緒、というように、唇に人差し指を当てた。

それから、彦太に向き直る。

「ちょいと、お参りをしてから太夫に会おうと思ってね。何やらいいことがあるかもしれない」

彦太が、気遣うように新九郎を見た。

「本当ですかい」

珍しく、彦太が食い下がる。新九郎はどう切り返そうか、少し悩んで、彦太に訊き返した。

「彦さんこそ、何をしておいでだい」

「あっしは、新さんを追っかけて来やした。そろそろ新さんがおいでになる頃かと見世先へお迎えに出たとこへ、新さんが見世を通り越して行っちまったもんで」

今日はよくしゃべるな。

新九郎は、心中ひとりごちた。

なんだか、一年分の彦太の言葉を聞いた気分だ。

「太夫がお待ちだね。じゃあ、行こうか」

そう彦太を促し稲荷を後にしながら、ちらりと後ろを振り向く。

「お七様」は、祠の脇に立ち、軽く微笑んで、濡れたような黒い目で新九郎を見つめていた。


開運稲荷を出て、「巴江屋」へ足を向けると、向こうから「巴江屋」の楼主、鶴右衛門が、慌てた様子でやって来た。

薄い唇、青白い肌の色の男で、お世辞にも人当たりがいい性分ではない。専ら、客あしらいは女房のりきがこなし、鶴右衛門はそろばん勘定や、新入りの遊女を探したり、身請け差配をしたり、裏方に徹しているようだ。だから新九郎は、この男と数えるほどしか顔を合わせていない。

面の皮一枚だけの愛想の下に、「人嫌い」が透けて見えるようだった遣り取りを、新九郎はよく覚えている。

その鶴右衛門が、新九郎に気づくとにこやかに声を掛けてきた。

「おや、お珍しい。手前共の見世に御用でしょうか」

そっちこそ、お珍しい。いつも「客と話をするのは気が進まない」ってぇ顔ばっかりしか、こちとら拝んでないのにねぇ。

皮肉を腹の裡で呟いてから、新九郎も愛想よく応じた。

「紅花太夫からの、お呼びがかかってね」

鶴右衛門が、軽く眉を顰めた。

「それは、ご足労をおかけしまして申し訳ございません。太夫とはいえ、我儘も大概にさせねば。一体何の話でしょう」

「さあ、聞いてない」

「本当に」

鶴右衛門が、新九郎を見た。顔色を窺われているようで、あまりいい気はしない視線だ。愛想のよさ、腰の低さも、薄皮一枚ほど、随分薄っぺらい代物だ。

敢えて、軽やかに巴江屋の主を躱した。

「会ってからの、お愉しみだよ」

笑って、続ける。

「ほかならぬ紅花太夫だからね。我儘も客を惹きつける手練手管のうちだろう。現にこうして、いそいそとやって来る馬鹿な男がいるんだから」

鶴右衛門は、張り付けたような笑みを浮かべてから、ふと、真顔になった。

「お顔の色が、よろしくございませんな」

「おや、そうかい」

「何やら、幽霊でも見たような」

新九郎は、鶴右衛門をじっと見返した。

すぐに、目を細めて笑みを浮かべる。「荻島清之助」でいる時に使う「妖しさ」を孕ませた笑みだ。

鶴右衛門が、虚を突かれたように、視線を泳がせた。

「昼日中に幽霊を見るようじゃ、あたしも棺桶に片足突っ込んでるってぇことかい。もっとも、あたしは幽霊を見た覚えは、ないんだけどね」

困ったように笑う鶴右衛門を見て、彦太がそっと口を挟んだ。

「新さん、そろそろ。太夫がお待ちでごぜぇやす」

鶴右衛門が、どこかほっとしたように笑んだ。

「お引止めしまして、申し訳ありません」

新九郎は鶴右衛門へ頷きかけると、鶴右衛門は開運稲荷の方へ速足で去って行った。

「楼主は、あたしに用でもあったのかい」

彦太へ、新九郎が訊ねると、彦太は硬い顔で首を傾げた。

「さあ、あっしには」

「おや、彦さんも楼主が苦手かい」

彦太が、はっとした風に新九郎を見た。新九郎は言葉を添えた。

「そんな、景気の悪い顔をしてるよ」

少し口ごもって、彦太は答えた。

「厳しいお人ですから」

新九郎は、少し考えて、「そうかい」と軽く受け流すことにした。

彦太は、それきり太夫の部屋へ着くまで、口を開くことはなかった。


「太夫、お見えになりやした」

彦太の呼びかけに、襖（ふすま）の向こうから紅花の柔らかな声が、応じた。

『お通ししてくんなんし』

彦太が襖を引き開ける。

ふわりと、夏らしい、涼やかな香りが漂った。

紅花の使う香は、他の遊女達とは随分違っている。

上質の白檀に、月桃という琉球、薩摩で好まれる香を、ほんのりと混ぜているのだそうだ。品のいい白檀の香に、瑞々しい草を抜いた時の匂いに似た、不思議な爽やかさが添えられ、清々しい気分になる。

紅花は薩摩の生まれで、故郷の香をわざわざ取り寄せて使っているらしいが、あからさまな女の匂いのしないこの太夫には、よく映えていると、新九郎は思っている。

「荻島清之助」は使えない香りだ。

男が、前に出てしまいそうになる。月桃は本物の女が使うからこそ、色気が漂う。

そして新九郎は、ちらりと思い出していた。

先刻の娘、七から香った清しい香。確かに紅花と揃いのこの香りだった。

紅花は、八畳間にひとり、ゆったりと腰を下ろしている。

紅掛花の青色に、甕覗の小花が散った小袖と藍の帯、髪は櫛巻きにして簪もなし、化粧は薄く紅を刷いているのみ。

太夫姿とはかけ離れているが、着飾ったよそよそしい姿よりも、むしろ色気が強く匂い立つようだ。

すんなりした首の白さと華奢さが、際立って見えた。

促されるまま上座へ納まり、目の前の太夫をしばらく視線で愛でた。

こういう「女」がちゃんと演じられりゃあ、煩い連中も静かになるのかねぇ。

ふっと、ほろ苦い溜息が零れた。

「何か、気にかかることでも」

昨夜と同じ問いを、気安い言葉で投げかけられ、新九郎は苦笑いで応じた。

「あたしの芸もまだまだだと、思ってね」

紅花の返事を待たず、新九郎は切り出した。

「それにしても珍しい。置屋へ呼んでくれるなんて」

紅花は、一度目を伏せ、ゆっくりと新九郎を見た。

「あれから、少しばかり成り行きが変わりまして」

「例の『お七様』の話かい」

「ええ」

「昨日の今日だよ」

「はい」

新九郎は笑った。

「丁度いい」

「新さん」

「つい今しがた、会ってきたんだよ」

紅花が顔色を変えた。

「まさか――」

答える代わりに、新九郎は唄った。

短い唄の文句くらい、長台詞を覚えるより容易い。


てんてん、てまり。てまりは冬に、つくものでなし。

ついたら、そこから火花が、てん。

てんと散った火花、風に乗って、屋根につく。

てんてん、屋根についた火が、あっという間に大きくなって。

ととさまもてんてん、かかさまもてんてん。

可愛い娘は、ひとりきり。

てんてん、てまり。てまりは冬に、つくものでなし。

つかずに、ねんねこ、てんてん、てん。


紅花が、少し長めの間を置いてから、心持ち掠(かす)れた声で訊ねた。

「その娘が唄って、聞かせたのですか」

新九郎は、紅花の心の動きを探るつもりで、じっと紅花を見つめた。涼やかな視線が、新九郎の視線にやんわりと絡む。

先に目を逸らしたのは、新九郎だ。軽い笑いに乗せて、紅花をからかう。

「太夫、顔が怖いよ。せっかくの美人が台無しだ」

す、と、紅花が息を吸った。ゆっくりと微笑を整った顔に上らせる。

「これは、失礼をいたしました。何やら恐ろしかったもので」

「そうかなあ。小雪を叱る時のような、怖ぁい顔をしていたけれど」

「まあ、ひどい。私は小雪に、そんなにきつく当たっておりますか」

「あはは。冗談だよ。堪忍、堪忍」

笑っておどけてから、新九郎は話を戻した。

「少しばかり物騒な唄だよねぇ」

言って、新九郎はゆっくりと切り出す。

「先刻の驚きようといい、太夫も『お七様』に会ったのじゃあないかい」

紅花は、少し長い間を置いた後、小さく頷いた。

「あたしが今しがた聞いたのと、同じ子守唄だった」

「はい」

「どこで」

「そこの、開運稲荷で」

「おや。それも、あたしとおんなじだ」

「新さん」

「なんだい」

「その娘、朱華の帯を締めていませんでしたか」

朱華の帯、ね。

ほんの微か、紅花の問いが纏った芝居めいた匂いに、新九郎は気づかない振りをした。

「ああ、そうだった。火の化身のような姿だったな」

「その帯、私が昔、ある禿に誂えてやったものなんです」

「その禿は、今は」

「死にました。身体の弱い子でしたので」

ほう、と、新九郎は短く応じた。

「こりゃいよいよ、何かが化けて出たってことかい。昼の日中に」

「まだ、お伝えしたいことがあります」

「うん」

紅花が、何かに耐えるように、一度口を引き結び、打ち明けた。

「綾糸が、寝込んでいます」

新九郎は、紅花を見返した。

綾糸は、紅花付きの新造だ。

紅花が世話をしている新造は、三人。

敏くて機転が利く小雪。新九郎の宴に花を添えてくれる娘だ。

それから、はきはきと明るく、少し鼻っ柱の強い、紫野。

もうひとりが、綾糸。人懐こいが大人しい娘で、泣き虫の甘えん坊だ。

紫野と綾糸には、新九郎は会ったことがないから、紅花や「巴江屋」の女将、りきから聞いた性分だけれど。

「訳がありそうだね」

新九郎の言葉に、紅花が顔を曇らせた。

「『お七様』を見かけた日、開運稲荷に、あの娘も来ていたのです」

紅花の話では、姿は見ていないが、物騒な唄を聞いたのだそうだ。「お七様」の噂が広まり始めてすぐ、紅花は綾糸から訊かれた。

あの日、お稲荷様にいたのは、噂になっている「お七様」の幽霊なのではないか、と。

幽霊ではない。きっとどこかの禿だろうから、気にしないように。

そう伝えたものの、以来、綾糸は食べ物も喉を通らず、眠るとうなされ、で、とうとう倒れてしまった。

「御医師の話では、気の病だろうから、気がかりを取り去ってやるよりないだろうという話でした。そこまでは、よかったのですが、その御医師が他の見世でつい口を滑らせ、私と綾糸が『お七様』を見かけたという話が広まってしまい、綾糸の気の病も、『お七様の祟り』だと囁かれるようになりました。その噂が綾糸の耳に入らないように、気遣ってきたのですが、とうとう昨夜、知られてしまい、すっかり怯えてしまっているのが、哀れで」

新九郎は、呆れ交じりに呟いた。

「口の軽い医者なんざ、ろくなもんじゃないね」

それから紅花に、確かめる。

「綾糸のために一肌脱げ、『お七様』の正体を暴け、ってんなら、喜んで請け負うよ」

紅花は、答えない。

ただ、哀しい目で新九郎を見ている。

「哀しい」訳は、一体なんだろうね。

心中で呟いてから、敢えておどけて見せる。

「おいおい、太夫。まさか、こうしてあたしを呼び出して、こんな話を聞かせて、それでも様子を見守れと、お言いかい」

「新さん」

戸惑ったように、紅花が新九郎を呼んだ。

「幽霊騒ぎが収まらなけりゃ、綾糸の気も晴れないよ」

紅花は答えない。新九郎は言葉を重ねた。

「祟るってぇ噂の『お七様』が、あたしにも会いに来たってことは、あたしも巻き込まれちまったんだろう。誰に頼まれようが、止められようが、暇に飽かして『お七様』のことを探るにゃあ十分すぎる建前の出来上がりだよ」

紅花は、やはり哀しい目で新九郎を見つめた後、ふんわりと笑った。

「くれぐれも、危ない真似(まね)はなさいませんように」

「おや、危なくなるような話なのかい」

「何も、はっきりしたことが分かりませんから」

ふむ、と新九郎は腕を組んで考えた。

「てんてん、というのは、火が付いたってことなんだろう。ってことは、ととさま、かかさまも『てんてん』だから、火事で焼け死んだってことかな。太夫、まさか、亡くなった禿の二親も火事で死んだ、なんぞとお言いじゃないよね」

火だるまになった二親を見つめる幼い娘の幻が、ふっと目の前に浮かんで、すぐに消えた。

娘は、朱華の帯を締め、先刻の七の顔で笑んでいた。

「死んだ禿の身の上は、知りません。吉原(ここ)では、聞かぬが花、ですから」

紅花の言葉に、新九郎は我に返った。

知らぬうち、自分で作り上げた幻に囚われていたようだ。

ふ、と息を吐き、紅花に応じる。

「分かった。まずは、昨日言ったように、『お七』の読売を書いた奴から、当たってみるとするよ」

新九郎が告げたところで、襖の向こうから、厳しい声が聞こえた。

『そこで、何をしていやがる』

彦太だ。

薄笑い交じりの声が、彦太に応じる。

『別に、何も。ただ、ちょいと御楼主に用があっただけさ』

『ここは、楼主(だんな)さんの部屋じゃあない』

『何、通りがかったら、置屋で男の声が聞こえるから、御楼主かと思ってつい、立ち止まっただけさ。そう、かりかりしなさんな』

『勝手に、近づくな』

『へい、へい。怖(こ)ぇなあ、この見世の若い衆は』

新九郎が、小首を傾げて紅花に訊ねる。

「あの声は、確か会所(かいしょ)の男衆(おとこし)の――」

穏やかな紅花の目の中に、硬い光がちらついている。

「ええ、善助(ぜんすけ)さんです」

「会所」とは、大門脇に番所を構える、「四郎兵衛(しろべえ)会所」を指す。

吉原の警固(けいご)を引き受けているが、一番の役目は、足抜け――吉原を逃げ出そうとした遊女を捕えることだ。

その会所の男衆が、我が物顔で置屋、それも太夫の部屋の前をうろつくとは、少し妙な話ではある。加えて、善助という男衆は評判がよくない。会所の人間のくせに、あちこちの置屋の遊女とねんごろになっている、とか、大門の外で悪さをして小金を稼いでいて羽振りがいい、とか。

新九郎は、視線で紅花に問いかけたが、紅花の「話したくない」という気配を察し、立ち上がった。

「何か分かったら、知らせに来るよ」

「新さん」

呼ばれて、新九郎は紅花を見た。

紅花の瞳は、何かを案じているように、揺れていた。

「本当に。本当に、この騒動に、関わるおつもりですか」

しつこいよ。

そう往なそうとして、新九郎は思い直した。

紅花は、何を案じているのだろうか。

宥めるように笑って、「じゃあ、ね」と告げる。

紅花が、諦めたように笑い返した。

「あい。お願いいたします」

新九郎は、明るい声で話を変えた。

「綾糸には、そうだね。こう言っておやり。祟りなんて嘘っぱちだ。綾糸と一緒にいた太夫がぴんぴんしてるのが証だ。そう聞けば、少しは気も楽になるかもしれない」

心得たように、襖が開いた。

彦太が、廊下に控えている。善助の姿は既にない。

彦太の先導で太夫の部屋がある二階から階段を下りながら、新九郎はそっと彦太に訊ねた。

「善助って奴は、大丈夫なのかい。あまりいい噂を聞かないけれど」

彦太から、ぼそりと答えが返ってきた。

「へい」

「大丈夫ってぇ、わけじゃなさそうだね」

黙ったままの彦太の背中が、強張っている。

先刻の紅花の硬い瞳、善助の耳障りな声の調子とすり合わせれば、容易く見当がつく。どうやら、善助という男、紅花にちょっかいを出しているらしい。

「楼主と女将は、承知かい」

彦太が、小さな間を置き、へい、と答えた。

微かな憤りが滲んでいる。新九郎は溜息を吐いた。

知らぬ振りを決め込んでいるだけでなく、善助の出入りも許している、というわけか。

新九郎は、冷ややかに断じた。

「『巴江屋』も堕ちたもんだね。彦太が太夫を気遣ってやっておくれ」

彦太は、へい、としか答えない。

それでも、前二つの「へい」よりも真摯なものが込められていることに、新九郎は気づいた。

三和土で履物を出して貰っているところへ、「巴江屋」の女将、りきがやってきて、新九郎に頭を下げた。

「新さん、ご挨拶が遅れまして。先日の舞台、拝見いたしましたよ。鳥居が倒れてきたのは、変わった趣向でございましたね。確かそういう筋書きではなかったような気がいたしますが」

新九郎は、自分の頬がわずかに強張るのを感じた。

一見、邪気のない、ただの世間話を装っているが、何やら面白くない気配が漂っている。

敵は吉原でも指折りの置屋を仕切る女だ。役者同士の諍いを面白がっているのか。それとも、新九郎をさりげなく気遣ってくれているのか。そんな細かな心裡までは、読ませてはくれない。それが台詞、言葉を生業とする新九郎でも、だ。

ただ、新九郎にとって面白くないことには、変わりがない。それが慰めでも労わりでも、芝居のことで誰かに憐れまれるのは、「荻島清之助」の気位が許さない。

新九郎もまた、かちんときた心裡を念入りに隠し、「忙しいのにわざわざ市村座へ足を運んでくれたのかい。そりゃ済まなかったね」と、軽く受け流した。

りきが神妙な面になって頭を下げた。

「今日は、太夫が新さんをお呼び出しになったそうで。お手間を取らせまして、申し訳ありません」

りきは四十絡みの女で、物腰が柔らか、ほんわかと優しい佇まいをしている。もっとも、置屋の女将が「ほんわかと優しい」だけでは務まるわけもないので、見てくれはあてにならないが。

「天下の太夫に頼られるなんざ、嬉しいことだよ。叱ったりしないでおくれな」

まあ、と、りきは娘のように笑った。

「置屋の女将でも、紅花太夫に小言なぞそうそう言えはしませんよ。新さんが太夫を取り成されるのなら、なおさらです」

軽やかに応じてから、あの、と声を落としてりきは訊いた。

「太夫の様子は、いかがでございました。いえ、私や遊女を束ねる遣り手、若い衆の前では、太夫は気丈に振る舞ってばかり、何も教えてくれませんので」

新九郎は、ちらりと笑って言った。

「太夫は、綾糸という新造を案じていたよ。だから、暇に飽かして、『お七様』について、ちょっと調べてみようと思ってね。何、『祟りの出どころ』らしきものの欠片でも分かりゃあ、綾糸も元気になるだろうし、あたしも知りたいからね」

困ったように笑ったりきに、新九郎は思い立った風を装って、確かめた。

「それはそうと、『巴江屋』じゃあ、見世の禿に太夫と同じ香を使わせているのかい」

戸惑った顔で、りきは小首を傾げた。

「いえ。珍しい香ですし、あれは太夫の香ですから。なんぞ太夫の香を悪戯した禿でもおりましたでしょうか」

「いや、そうじゃないよ。変なことを訊いちまったね。忘れとくれ」

りきが、探るように、新九郎の顔を覗き込んだ。

「その禿のことで、太夫が何やら厄介をおかけしたのでは」

妙に食い下がるな。

新九郎は、苦笑い交じりで、りきを宥めた。

「そんなんじゃないよ」

「本当に」

「ああ」

りきが、何かを取り繕うように笑って、頭を下げた。

「どうぞ太夫を、よろしくお願いいたします」

ゆったりと頭を下げたりきに軽く手を上げ、新九郎は「巴江屋」を後にした。

少し離れたところで、新九郎は「巴江屋」へ振り返った。

どうにも、妙な心地だ。

新九郎はこれまで、女形という、まだ足元が固まり切っていない生業に身を置き、色々な「女」を演じてきた。

そのお蔭で、人の放つ気配、愛想のいい笑みの下で何を考えているのかを、人よりも細かに察せられるようになった。

太夫に彦太、楼主の鶴右衛門、女将のりき。

皆、どこか息を詰めて、新九郎の様子を探っているような気配があった。

おまけに、善助という男衆までうろついていた。様子を窺(うかが)うように。

新九郎は、小さく口に出しておどけてみた。

「さて。皆がこぞって気にしている成り行きは、『荻島清之助』の動きか、それとも、『お七様』の祟りか」

太夫——祟り

新九郎と、「巴江屋」で「お七様」と綾糸の話をしてから二日。

よく晴れた午、少し気の早い蟬の声が聞こえている。

遊女達の、自分を見る目が変わり始めたことに、紅花は気づいていた。

『まあ、澄ました顔をしておいでだこと』

『太夫の新造が、未だ寝込んでいるというじゃないの』

『おや、恐ろし。きっと太夫の身代わりに、祟りを受けたのに違いない』

『打掛の青白い色と同じ、心も青白く冷たいお人なのでしょうねぇ』

「太夫」

憤りの混じる声で、紅花付きの新造、紫野が紅花を呼んだ。

「巴江屋」で、紫野と小雪、二人の新造に和歌の手ほどきをしていた折のことだ。

つい先日までは、紅花の和歌や文字の手ほどきとなれば、「巴江屋」の遊女達は、こぞって集まってきたのだ。

それが、潮が引くように皆の足が遠のき、あっという間に紫野と小雪しかいなくなってしまった。

そのくせ、少し離れた廊下から様子を窺っている。

「おっしゃりたいことがあるのなら、はっきりおっしゃればよろしいのに」

紫野の若く瑞々しい声が、はきはきと響いた。

「形ばかりこそこそとして、わざと聞こえるように意地悪をおっしゃるなんて、気が小さいくせに性悪なのだから。太夫の心が青白なら、皆様の心は、御歯黒溝（おはぐろどぶ）の水の色をしておいでなんでしょう」

「紫野さん」

「紫野」

敏い小雪と紅花の、紫野を咎める声が、綺麗に重なった。

遠巻きにしていた遊女達が、一斉に凍り付いた。

『おお、怖い』

誰かが、ぎこちなく茶化した厭味（いやみ）を合図に、集まっていた遊女達は、そそくさと散って行った。

それでもひとり残って、紅花を刺すような視線で見つめていた遊女がいたが、仲間に呼ばれ、離れて行った。

「紫野さんったら。あんなことを言ったら、余計太夫がお辛（つら）い思いをするでしょう」

小雪が、苦い溜息交じりに言う。

紅花は、ぷりぷりと怒っている紫野を、笑いながら窘めた。

「紫野、ああいうお人達は、放っておくのが一番なの。それが吉原（なか）で生き抜く一番のこつ」

紫野は、元は大店の一人娘だったそうだ。

親の商いの借財を返すために、吉原へ売られてきた。

つまりは親の不手際を、娘が被った格好だ。なのに、紫野は初めから明るかった。紅花のような太夫になって、沢山の若い衆や禿、新造を従えて太夫道中をするのだと、夢見ている。

その割に、気の強い町娘だったころの性質が、なかなか抜けない。

無用な敵は作らないに限るというのに。天辺まで上り詰めたいなら、厭でも敵は増えていくのだから。

「すみません、太夫。だって、あんまり悔しくて、つい」

紫野のまったく悪びれない詫びを聞き咎め、小雪が呆れた顔で不平を言った。

「太夫は、お優しすぎます。あの人達にも、紫野さんにも」

今度は、紫野が小雪に噛みついた。

「何よ、姉様ぶって。小雪さんは、悔しくないの」

紅花が窘めるより早く、小雪が紫野の仕掛けた言い合いに乗ってしまった。

「悔しくないわけないじゃない。だって、和歌の手ほどきに、急に誰もこなくなったのも、今の聞こえよがしの嫌がらせも、しづかさんが嗾けたに決まってる。あの人、今だって、ひとり残っていつまでも太夫を怖い目で睨んでいたもの」

小雪も、紫野と似たような身の上だ。長屋暮らしの浪人の娘だったのだが、父親が借財を残して、急な病であの世へ行ってしまった。

父ひとり娘ひとりだった小雪は、金貸しの手で吉原に売られた、というわけだ。元は武家の娘だが、貧乏暮らしで町人と親しくしていたから、武家よりも町娘の立ち居振る舞いが、馴染んでいるらしい。

しかたのないこと。

紅花は、しばらく二人の言い合いに耳を傾けることにした。

吉原の外で暮らしていた頃のように遣り取りをするのが、この娘達のたったひとつの、息抜き、楽しみなのだ。

紫野が、腹立たしげに呟く。

「いくら嗾けられたからって、掌(てのひら)を返したように太夫を悪く言うなんて、ひどすぎるじゃないの。つい先日まで、太夫、太夫って、尻尾(しっぽ)を振ってたくせして、今はまるで、あの噂も綾糸さんの病も、太夫のせいみたいに。どれだけ太夫が、綾糸さんを案じているかなんて、知りもしないくせして」

あの噂とは、「お七様」にまつわる噂だ。紫野は気が強く明るいけれど、怪談や妖の話が苦手である。「お七様」の名も、恐ろしくて口にできないのだろう。

小雪が、訳知り顔で答える。

「みんな、分かってるのよ。根も葉もない話だって分かっていて、陰口を利いてるんだわ」

「そんな、どうしてっ」

近くで鳴いていた蟬が、紫野の怒鳴り声で、はたと鳴き止んだ。

紫野の大声に、小雪が可愛らしい仕草で、自分の耳を塞ぐ振りをした。

「怒鳴らないで頂戴。ただでさえ紫野さんは声が大きいんだから」

ぷ、と紫野が頬を膨らませた。

「大きいんじゃないわ、通るのよ。太夫がそう言ってくださったもの」

あら、そう、と冷たく往なし、小雪が話を戻す。

「どうしてって。多分、しづかさんが怖いのが一番。もし、何かの間違いでしづかさんが太夫になっちゃったら、どんな因業をされるか分からないでしょう。それから、今を時めく紅花太夫への悋気ね。ちょっとくらい困らせてやれって、思ってるのよ。あとは、ただ怪談を楽しんでいる方もおいでかもしれない。みんな退屈だし、怪談は大好きだもの」

しづかとは、「巴江屋」の格子——太夫に次ぐ位の遊女だ。小雪が言った通り、先刻、いつまでもひとりこちらを睨んでいた。

紅花の座を狙っていると専らの評判で、何かというと紅花と張り合ったり、目の敵にしたりしている。

紅花としては、大して害もないので放っている。

とはいえ、新造達は腹が煮えるらしい。

「ああ、悔しい。みんなどうして、あっという間に、しづかさんに靡いちゃうのかしら。しづかさんと紅花太夫じゃあ、容姿、お人柄、格、何もかもどちらが上かなんて、比べなくたって分かるのに」

紫野がかりかりと吐き捨てれば、小雪が得意げに答える。

「それも、分かってるんでしょう。でも、怖ぁいしづかさんには面と向かって逆らえない。それに、ちょっとだけ変わった風向きに乗ってみるのも悪くないって、軽い悪戯みたいに考えてるんだわ。ことが収まった時、紅花太夫の陰口を利いた自分が、どれだけ肩身の狭い思いをするかなんて、考えやしないのよ」

さて、そろそろ大人しくさせましょうか。

紅花が、新造達を止める頃合いを見計らっていたところへ、若い衆の彦太が、紅花色の袱紗包みを持ってやってきた。

「太夫。小雪さん、紫野さん、よろしゅうございやすか」

彦太は、客や「巴江屋」の他の遊女達には無口でとっつきにくいと思われているが、太夫とその身内ともいうべき者の前では、顔つきも柔らかだし、口数も増える。

何より、どんな時も紅花の心の裡を酌んで動いてくれるから、紅花にとって心強い味方だ。

開け放っている襖の手前で、律義に居住まいを正した彦太を、紅花は「お入り」と促した。

「失礼いたしやす」

部屋へ入り、包みを解きながら、彦太は楽しげに告げた。

「太夫ご注文の品、昨夜のうちに届いておりやしたんですが、何の手違いか、納戸に仕舞い込まれてやして」

紅花色の包みから現れた細長い小さな桐の箱を見て、小雪と紫野が一斉に歓声を上げた。

「わぁ」

「太夫、ひょっとして」

「こなたらの、笄え」

新造や禿の身の回りを整えるのも、面倒を見ている者の役目だ。

紅花は、三人の新造のために、それぞれ違う模様を施した鼈甲の笄の誂えを、出入りの小間物屋に頼んでおいたのだ。

「開けてご覧」

「太夫、ありがとうござんす」

「お礼、申し上げげんす」

二人は弾んだ声で礼を言うと、紫野が笄の箱へ手を伸ばした。箱書きを確かめながら分ける。

「綾糸さんは、紅葉。はい、小雪さんはうさぎね。そして私は、桜」

「わあ、綺麗」

「このうさぎ、なんて可愛いのでしょう」

蓋を開け、自分の笄を見たり、互いの笄を眺め合ったりして、はしゃいでいた二人だったが、ふと思い立ったように、紫野が綾糸の笄の箱へ、手を伸ばした。

小雪が窘める。

「紫野さん、駄目よ。綾糸さんのものを」

「見るだけよ。ちょっとだけ」

紫野が、綾糸の箱を手に取った。

蓋を開けた手が、止まった。

箱を持つ指先が、小さく震えている。

「どうしたの」

小雪が、紫野の手許を覗こうとした。

紫野が勢いよく、蓋を閉めた。頬が強張っている。

「見せて」

小雪が厳しい顔で、紫野から桐の箱を取り上げようとした。

「止しなんし」

紅花に叱られても、箱の中身を確かめようとする小雪と、止(や)めさせようとする紫野の争いは収まらなかった。

「お止しなさいやし、お二人とも」

彦太が二人の新造を宥めるが、若い娘達はその声も聞こえないようだ。

紅花は、軽く唇を噛んでから二人を叱った。

「紫野、小雪。お止め」

紅花の滅多にない厳しい声に、二人の新造が、びくりと慄(おのの)き、争いを止めた。

引っ張り合っていた桐の箱が、二人の娘の手からするりと落ちた。

綾糸の笄が入っている、小さな箱だ。

畳に落ちた箱が、軽やかに跳ねた。

開いた蓋が弾み、中のものが、転がった。

ひとつは紅葉を彫った、雅な風合いの笄。

いまひとつは——。

「ひっ」

小雪が、か細い悲鳴を上げ、紫野にしがみついた。

彦太が、息を呑んだ。

既に箱の中身を目にしていた紫野の顔は、血の気がない。

笄の傍らへ、重たそうにぽとりと落ちたもの。

それは、鼠の骸だった。

「な、なんだってこんなものが」

彦太の声が掠れている。

「彦さん」

紅花に呼ばれ、頼りになる若い衆は瞬く間に我に返った。

「へい」

「可哀想なこの子を、どこぞに葬ってやって頂戴。笄は、私が粗相をして折ってしまったと、『三井屋』さんに詫びを入れ、同じものを作ってもらっておくれ」

彦太が、硬い顔で「へい」と頷いた。てきぱきと、鼠の骸と紅葉の笄を箱に戻して蓋を閉め、袱紗でしっかりと包み直し、凍り付いている新造の前から遠ざけた。

「それじゃ、太夫。ご無礼して」

新造二人にも頭を下げ、包みを隠すように抱え、彦太は部屋を出て行った。

抱き合ったままの新造のうち、先に我に返ったのは紫野だった。

「小雪さんったら、しっかりしてよ」

その声は、上擦り、震えていた。

紫野は、軽く唇を舐め、一度、軽く息を詰め、再び口を開く。

今度は、しっかりとした強気の口調だ。

「鼠の骸なんて、しょっちゅう高麗や珠が、咥えて見せに来るじゃないの。死んでるんだから噛みつきゃしないし、もうとっくに彦さんが片付けてくれたわ」

高麗と珠は、「巴江屋」で飼っている猫だ。達者に鼠を捕ってくるだけでなく、遊女達の慰めにもなっている。

何でもないことのように言われ、小雪の怯えも吹き飛んだようだ。

二度、三度と大きな息を繰り返してから、「少し、びっくりしただけよ」と強がりを言った。

それから、上目遣いに紫野を見遣り、憎まれ口を利く。

「紫野さん、お化けは苦手なくせに、鼠の骸は平気なのね。変わってる」

大威張りで、紫野が言い返した。

「あら、鼠の骸は動かないもの。あいつらは、死んでるくせに動くじゃない。まるきり違うわ」

あいつら、とは幽霊のことだろう。

言い合いが続くかと思いきや、娘達は互いの目を見て頷き合った。そして、揃った調子で「太夫」と紅花を呼んだ。

　紫野が訴える。

「きっと、しづかさんの仕業です」

　小雪が続いた。

「彦さんが、言っていたじゃあありませんか。間違って納戸に入ってたって」

「その間違いも、しづかさんが仕組んだことに決まってます」

「そうよ。さっき、いつまでもこっちを見ていたのは、私達が鼠を見て怯えるところを見たかったのじゃあ、ないかしら」

「二人とも、それくらいにしておきなさい」

「でも、太夫。袱紗の包みの内の蓋の閉まった箱に、鼠が自分で入れるわけがありませんよ。高麗だって珠だって、無理です」

　紅花は、同じだけ二人を見比べた。

　すっかり舞い上がっている二人の心に、深く沁みるよう、廓言葉で窘める。

「こなたらの言う通り、どこなたかの仕業だったとしても、それがしづかさんだとは、限りんせん。違うかえ」

　紅花の問いに、紫野も小雪も、口を噤(つぐ)んだ。

　紅花が諭す。

「くれぐれも、このことは綾糸は勿論(もちろん)、誰にも言ってはいけのおすえ。何の証もなしに、人を貶(おとし)

めては、いけのおす」

二人の娘は、神妙な面持ち(おももち)で頷いた。

「太夫への嫌がらせが酷くなっては、大変ですものね」

紫野の呟きに、紅花は軽い溜息を吐いた。

小雪が、紫野を窘めた。

「太夫がおっしゃったのは、そういうことじゃないのよ」

「あら、分かってるわ、そんなこと。誰にも言えないから、ここでもう一言厭味を言ってやっただけよ」

紅花は、もうひとつ小さく息を吐き出し、二人へ告げた。

「もう今日は、和歌の手ほどきは仕舞いにしましょう。夜見世が始まるまで、清掻の稽古でも、しておいで」

はぁい、と、二人は邪気のない返事をし、座敷を後にした。

太夫の紅花が置屋の朱い(あかい)格子の前に出ることはないが、小雪も紫野も、三味線が得手だ。だから、紅花に道中のない日の夜見世の始まりには、二人が時折駆り出されることがある。今日は、置屋の主から直々に「清掻弾きに二人を貸してくれ」と頼まれていたので、致し方ない。

正直、格子の前にはしづかも出るから、気がかりではあるのだが。

紅花は、立ち上がった。

今日は、客もない。もう少しゆるりとしよう。

そう決めて、部屋を出る。

遠くから投げかけられる、遊女達の視線が肌に刺さった。


夏の陽はゆるりと傾き、吉原のそこかしこに薄紫の闇が降り、吉原の周りの田んぼの蛙の声が、大門の裡まで届くほど賑やかになって来ると、そろそろ夜見世の頃合いだ。

鼠の骸を葬った後、彦太が色々聞きまわってくれたようだ。

彦太は、袱紗の包みを隠すようにして、納戸を出入りしていた若い衆がいたことを突き止めた。しづかがよく使いを頼む、増蔵という男である。

やはり、しづかの仕業だったようだ。

知らせを彦太から受け、しづかの仕業だということは、決して口外しないよう口止めし、紅花は綾糸を見舞うことにした。

嫌がらせだろうが、皮肉だろうが、自分に向ければいいものを、よりによって気の弱い綾糸へ矛先を向けるなぞ、因業な。

つい湧き上がる、しづかへの苦い思いを抑え込んだ。

腹が立たないと言えば、嘘になる。だが問い詰めても、しづかは認めないだろう。増蔵も決して白状はしない。そうして、また紅花に付いている新造、禿へのしづかの手酷い嫌がらせが始まる。

紅花は、細く長い息に乗せて、胸につかえている憤りを吐き出し、綾糸の部屋を訪ねた。

明るい「清掻」の三味線が、遠くに聞こえている。

綾糸は普段、新造仲間、禿と同じ部屋で暮らしている。だが、今は静かなところで養生させたいと、紅花が主にかけ合い、風通しのいい四畳半を借り受けていた。

「ずいぶん、楽になりました」

綾糸は、血の気のない顔で笑った。

身体の力が落ちていたところへ風邪をひき、高い熱を出した。既に熱は下がっているが、起き上がるのもひと苦労のようだ。

「構わないから、横になっておいで」

体を起こそうとする新造を、紅花は止めた。綾糸が素直に頷いて、持ち上げた首を枕へ戻す。

紅花の顔を見て、綾糸はほっとしたように笑った。

「熱が続いたせいか、頭がぼうっとしてしまって」

紅花も軽く笑みを返す。

見た目は痛々しいが、熱も下がったし、粥も喉を通るようになったようだ。

何より、朗らかに笑うようになった。

後は、ゆっくり休み、しっかり食べて身体の力が戻れば、心配ない。

綾糸を診た医者は、そう見立てた。

綾糸は、しみじみと告げた。

「新さんと太夫のおかげです。『お七様』の祟りなんぞ寄せ付けない太夫が側にいてくださるんだって思ったら、すうっと恐ろしさが消えて、心が軽くなりました」

「そう」と応じ、暫く話をしてから、紅花は綾糸の部屋を辞した。

長居をしては、綾糸も気が休まるまい。

紅花は、ひとり考えた。

綾糸には、可哀想なことをしてしまった。

「鼠の骸」の一件で、綾糸に白羽の矢が立ったのは多分、紅花が「お七様」と出逢った時、たまたま開運稲荷に自分を呼びに来たから。

ただ、それだけのことだ。

だから、青い顔で儚(はかな)げに笑む、健気(けなげ)な新造の気がかりを、すっかり消してやりたい。

そんな紅花の願いは、一日と経たぬうちに、あっさりと打ち砕かれた。

次の日の昼見世の折には、綾糸の箝の箱に鼠の骸が入っていたという噂が、「巴江屋」中に広まっていたのだ。

無口で紅花をよく助けてくれる彦太が、漏らすはずがない。小雪と紫野には、きつく口止めをした。このことが皆に知れれば、一番傷つくのは綾糸だと諭したら、二人とも真剣な顔で頷いてくれた。

なのに、噂は、遊女同士で噂話に花を咲かせられる、のんびりとした昼見世を狙ったように、ばらまかれた。静かな四畳半でひとり休んでいるはずの臆病な綾糸の耳にも、届いてしまった。

下がったばかりの熱が再び上がってしまい、弱々しく泣く綾糸を、紅花は宥め、なんとか寝かしつけ、彦太に、自分の世話はいいから、綾糸に気を付けてやってくれと頼んだ。紅花は、心の優しい綾糸が案じられてならなかった。

次の日の昼見世の前、彦太が厳しい顔で紅花へ知らせに来た。

彦太がちょっと厠（かわや）へ立った隙に、しづかが新造を引き連れ、見舞いと称して綾糸の部屋に押しかけてしまった、と。

紅花は急ぎ、綾糸の部屋へ向かった。

『お前も、災難だこと。あんな妖憑きの太夫に付いたばっかりに、こんな目に遭って』

大きな声が、廊下を急ぐ紅花の耳にまで届いた。しづかだ。嫌な笑いがしづかの言葉に続く。しづかの新造だろう。

綾糸の部屋の襖に手をかけた時、小雪の静かだがしっかりした声が、聞こえた。

たまたま、見舞いに来ていたのか、紅花よりも早く聞きつけ、駆け付けてくれたのか。

『こんな目に綾糸さんを遭わせたのは、しづかさんなんじゃありませんか』

ざわ、と低い騒ぎが起きた。

『今、何と言った』

問い詰めたしづかの声が、怒りか焦り、定かではないもので震えている。

小雪が凛（りん）と言い返した。

『太夫ご注文の笄が、納戸へ入れられていました。紅花色の袱紗は太夫の持ち物の証だと、置屋の者は誰でも知っていること。誰かが、わざとやったとしか思えません』

『それが、このしづかだとお言いかい』

『違いますか』

『止めてください』

小雪を遮るように、綾糸の細い声が割って入った。思ったより、しっかりしている。

綾糸は、訴えた。

『私が、熱を出したのは、せっかく太夫が誂えてくだすった簪が駄目になってしまったからです。悲しくて、悔しくて泣いていたら熱が上がってしまいました。決して、太夫のせいではありません。私は、こんな嫌がらせには、決して負けません』

『このっ、誰に向かって――』

耳障りな声で、しづかが綾糸を叱ろうとしたところで、紅花は襖を開けた。

小袖姿のしづかと二人の新造が、綾糸の床の傍らに並んでいる。

綾糸は身を起こして、必死で背筋を伸ばし、それを庇うように小雪が寄り添っていた。

「止(よ)さないか」

紅花は、敢えて高飛車に言い放った。自分ではなく弱い者に当たるしづかが許せなかったし、ここはどうでも綾糸と小雪を守らなければいけない。

居並ぶ女達が、一斉にはっと息を呑み、座が凍り付いた。

紅花は、冷ややかな目でしづかを一瞥してから、しづかが連れてきた二人の新造に向かった。

ここは、しづかと同じ手を使わせて貰う。しづか自身ではなく、敢えてその下の新造に矛先を向ける。

自分がそうだったように、その方がしづかには、こたえるだろう。

何より、紅花は久し振りに本気で腹を立てていた。

しづかだけでなく、しづかの新造二人に対しても、だ。

「こなたら、恥ずかしくはないのかえ」

しづかの新造は、厳しく問いかけた紅花を前に、涙目で震えている。

「こなたらと同じ新造が、熱を出して休んでいる。静かに、穏やかに仲間を過ごさせてやるのが人の情け、同じ置屋に身を置く遊女の心遣いというものえ。それを、こな風に大勢で押しかけ、騒ぐとは何事。上に立つ格子に逆らえなかったとは、言わせぬえ。どうとでも言い訳をして逃れられるであろ。普段からこなたらがそうして、上に立つ格子の用を逃れていることは、とうに承知。そういう時にばかり浅知恵を使い、肝心な時は嬉々として従い、寝込んでいる新造仲間を甚振る真似をする。遊女は辛く儚い身の上、互いを思いやってこそ、皆が平穏に暮らしていけるのえ。同じ置屋の仲間を思いやれぬ者は、金輪際『巴江屋』の新造、遊女とは思わぬえ」

吉原の宝と謳われる太夫に「お前達は『巴江屋』の遊女と認めない」とまで言われ、二人の新造は、しくしくと、か細い声を上げて泣き出した。

紅花の剣幕に言葉を失っていたしづかが、ようやく言い返してきた。

「太夫、な、なぜ、この娘達を叱るのでござんすか。それは、あまりな因業――」

紅花の視線に、しづかが怯えたように声を詰まらせた。

「因業は、こなたえ。『巴江屋』で一、二を争う人気の格子には、今更な小言であろ。因業と百も承知の所業という他に、どう考えりゃいい。それとも、道理も分からぬ半人前の新造と同等にわっちに咎められ、恥をかきとうて、ここへ来たのかえ」

しづかは、燃えるような目で、紅花を睨んだ。

けれど言葉は出てこないようだ。

しづかの新造の、すすり泣く声だけが響いている。

紅花は、溜息を吐いた。

「新造を連れてお帰り。ここで泣かれては、綾糸も休まらぬえ」

すっくと、しづかが立ち上がった。

紅花を睨み据え、「綾糸、おいといなんし」と放り投げるように告げて、踵を返す。

これだけやりこめても、まだ怒りを前に押し出してくる気の強さは、さすがだ。

紅花はこっそり感心しながら、冷ややかにしづかを見返した。

新造には、声を掛ける気にもならない。

同じ新造、半人前同士の綾糸にした仕打ちは、到底許せるものではない。

立ち上がれずに震えて泣いているしづかの新造二人を、小雪が呆れ混じりに促した。

「早く追いかけて、今までずるをしてたこと、お詫びした方がいいわよ。このましづかさんの新造でいたいいならね」

二人の新造は、慌てて立ち上がると、紅花に頭を下げ、ばたばたと駆けて行った。

静けさが戻った途端、綾糸の身体がぐらりと傾いだ。すぐ側にいた小雪が綾糸の身体を支え、そっと床へ横たえる。

紅花は、綾糸の傍らに腰を下ろし頭を下げた。

「綾糸、堪忍して頂戴。お前を守ってあげられなかった」

綾糸は驚いたように起き上がりかけるが叶わず、力なく横たわり直す。

熱で潤んでいた綾糸の瞳から涙が溢れ、ほろほろとこめかみを伝って落ちた。

白い手で顔を覆ってか細く訴える。

「私こそ、申し訳ありません。こんなことで太夫を煩わせてしまって。私が、弱いせいです。すぐに怯えて、また熱を出してしまったせい。『太夫に憑いた祟りだ』なんぞと言わせる隙を作ってしまった。せっかく、太夫が誂えてくだすった笄を駄目にしてしまった――」

紅花は、そっと綾糸の額に触れた。

宥めるように、震える白い指にもう片方の手を重ねる。

「笄は、細工が気に入らなかったから作り直して貰っているだけ。しづかさんの因業は、たまたま綾糸に向いてしまっただけ。運が悪かっただけと思いなさい。それでも申し訳ないと思うのなら、泣くのはやめて、早く元気におなり。そうして、また宴に可愛らしい花を添えて頂戴」

綾糸は、顔を手で覆ったまま、湿った声で、「はい、必ず」と答えた。

しばらく震えている肩を擦(さす)ってやっているうちに、綾糸は落ち着いたようだ。

指で目許を拭いてから、紅花を見て照れ臭そうに笑った。

ほっとして紅花も笑い返すと、綾糸がふと思い出したように「あの、太夫」と切り出した。

「なぁに」

「開運稲荷で『お七様』の唄が聞こえた日。あの後、太夫は――」

紅花は、小首を傾げて綾糸の言葉の続きを、敢えて待った。

あの時、紅花はすぐに行くからと、綾糸を先に帰らせた。その時、「お七様」と何か話をしたのではないか、と訊きたいのだろう。

綾糸は迷うように視線をさ迷わせてから、また笑った。

「いえ、何でもありません。新さんが、早く『お七様』の謎を解いてくださるといいですね」

そうね、と紅花は小さく応じた。

女形――狙われる

紅花が誂えた笄の箱から鼠の死骸が見つかったのと同じ日、新九郎は、「お七騒動」を書いた読売屋を探していた。

手始めに、火元近くの駒込界隈から始めた。

去年の師走、駒込から出た火は、瞬く間に大火事となって江戸の町の大半を燃やし尽くした。消しては別のところで火の手が上がり、また消しては違う場所が燃え始め、とまるで妖の仕業のように繰り返された火事は、強い風のせいのみではなく、どさくさ紛れに付け火をして回った奴らがいたからなのだそうだ。

江戸の者は火事に慣れている。だから、燃えたものはあっという間に片付けられ、長屋も屋敷も、新しく建て直される。

いや、むしろいつまで経っても慣れないからこそ、火事で受けた傷痕を忘れるように、一日でも、半刻でも早く元の暮らしを取り戻そうと、躍起になって町を作り直している。

そんな風に、新九郎の目には映った。

人々が一旦散り散りになり、新しく作り直された町では、何をどう聞いても、今ひとつはかどらない。

それでも、相手が読売屋となれば探し出せると、踏んでいた。火事のあれこれも読売にして売り捌いているし、あの「お七騒動」の読売は大層売れた。

売れた読売の「続き」を書いてやろうと、きっと件の八百屋の近くを動き回ったはずだ。

まだそこかしこに、新しいゆえのよそよそしさが残る江戸の町を進みながら、新九郎は先の大火を思い起こしていた。

火から逃れる途中で、親とはぐれた通りすがりの子を抱き上げ、走った。

火が燃え移った大店を見て取り乱しているのは、きっと店の主だ。

急ぐ大八車に撥ねられて亡くなった子の骸を抱えた母親は、いくら促しても動こうとしなかった。

大やけどを負った人、黒焦げの骸は、数えきれないほど目にした。

できれば、二度と拝みたくはないけどねぇ、あんな景色。

自分の心を引き上げるつもりで、新九郎は敢えて軽い調子で心中呟いてみた。

二度と、拝みたくない。

それでも、江戸で生きる以上、火事はつきものだ。

初めに訪ねた読売屋は、言った。

——昔の大火事に比べたら、人死にはずいぶん少なくて済んだそうですぜ、旦那。

死んだ当人とその身内にとってみたら、人死にが少ないとか、多いとかは関わりないんじゃあないのかい。手前ぇに降りかかったことが、すべてだろう。

新九郎は、まるで他人事のように語る読売屋へ、声に出さず言い返した。

朝からあちこちの読売屋を回り、「お七騒動」を書いた読売屋を、昼食も摂らずに探して回ったが、空振りに次ぐ空振りで、いい加減疲れてきた。

そろそろ八つ刻だ、一休みしようか。

そう考え、目についた茶店に落ち着いた。

茶と団子を頼んだところで、若い男が新九郎の縁台に腰を下ろした。

殿茶——淡い青緑に鼠色を混ぜた涼しげな小袖に、細い髷、粋を気取った町人の風体で、なかなかの色男だ。

軽やかで明るい、いかにも調子のよい男。

一方で、新九郎はこの男から、濃い「翳」のようなものを感じた。

それもほんの束の間のことで、「翳」は霧が晴れるように消えていった。

「旦那、ひょっとして」

すぐ近くで囁かれ、新九郎は我に返った。

零れかけた舌打ちを、音もなく堪える。

自分が「荻島清之助」だと気づいて寄ってきたのなら、面倒だ。

すでに、「大芝居小屋の立役が、人気の女形に因業を働いている。女形は芝居から干されているようだ」なぞという読売が出回っているらしい。

どこの小屋で、誰それという役者、というところはぼかしているが、今日びの大芝居に少しでも通じている者なら、それが市村座と「荻島清之助」だとすぐに分かる書きようなのだそうだ。

あの大道具の鳥居が倒れてきた騒動にも、触れているのだという。

「清之助」を気遣ってくれる舞台番が、新九郎の住まいまで知らせに来てくれた。

今、新九郎は読売屋を探しているけれど、自分が読売屋に探されるのは御免だ。舞台に戻る日が、遠のいてしまう。

身構えた新九郎を見て、男は、いったん切った言葉の先を薄笑いで続けた。

「あっしを、お探しで」

新九郎は、まじまじと傍らの男を眺めた。

「お前さん、あたしが探してる読売屋かい」

「へぇ」

「火焙りになった『お七様』の読売を書いた、読売屋」

男は、ふ、と笑った。軽い振る舞い、軽い物言いに似合わない、妙に深い色合いの目をして。

「『お七様』ね。確かにそいつは、あっしだ」

「どうして、わざわざやって来てくれたんだい」

「そりゃあ、読売屋仲間から、あっしを探してる、えれぇいい男がいるってんで」

「そうかい」

男と同じような軽さで受けながら、新九郎は読売屋を名乗る男を眺めた。

随分と、いい間合いで出てきてくれたじゃあないか。まさか、今まであたしの様子をこっそり窺ってたんじゃあないだろうね。

こっそり腹の裡で毒づいてから、愛想笑い交じりに誘ってみた。

「ありがてぇ。丁度小腹が空いてたとこなんでさ」

新九郎は、読売屋の男の団子と茶を頼んでから、切り出した。

「読売屋さん、名は」

「庄次ってんでさ」

早速肝心の話を始めようとしたところへ、新九郎と庄次、二人分の団子と茶が来た。

庄次は、あっという間に自分の分の団子を平らげ、更に勝手にもう一皿頼んでから、新九郎に訊いた。

「で、男前の旦那は、あの読売の何を知りてぇんで」

「あの読売が、真実かどうか」

まっすぐ訊いた新九郎を、庄次は笑い飛ばした。

「御冗談を。頭っから仕舞いまで、真実に決まってるじゃあごぜぇやせんか。あっしは読売屋ですぜ」

読売屋だから、怪しいんじゃないか。ところどころに真実の切れ端を使いながら、面白おかしい方角へ筋を捻じ曲げるのが仕事だろう。

言ってやりたかったが、新九郎自身の恨みが入っている皮肉は、さすがに大人げないだろう。

新九郎は、話を進めた。

「二人の馴れ初めや娘の胸の裡が、やけに詳しく書かれていたよね。お前さん、どうやって知った

「お七って娘、当人から聞いたって言ったら。信じやすかい」

軽い調子に隠された何かが、思わせ振りな言葉の選び方や、視線の配り方から、見え隠れしている。

本当に、「お七の読売」を書いた奴だとして、なぜ自分から新九郎に名乗り出てきたのか。

新九郎は、じっと庄次という読売屋を見つめた。

困ったように、庄次が笑う。

新九郎は、庄次を見据えたまま、訊ねた。

「お前さん、お縄になったお七さんに会ったのかい。一体、どうやって」

「そりゃあまあ、餅は餅屋ってこってさ」

新九郎は、鼻を鳴らした。

「袖の下でも使って番屋に潜り込んだか。あるいは、女牢に読売屋仲間を差し向けたかい」

庄次は、笑むだけで答えない。

まずは、差し障りのない、容易く教えて貰えそうなことから、訊ねてみるか。

新九郎は、そう思い定めて話を進めた。

「お七さんから事の次第を聞いたってんなら、読売に書いたことの他にも、色々知っておいでなんだろう。そいつを教えちゃあ貰えないかい」

新九郎は言って、庄次の袂に小金を落とし込んだ。

「お、こいつはどうも」

庄次が薄っぺらい仕草で頭を下げ、告げた。

「色々、知ってやすぜ。で、何から話しやしょうか」

「お七さんの親御は、どうなすっている」

「娘がお縄になってすぐ、駒込の八百屋を畳んで夜逃げしたらしいけど、そっから先は知らねぇな」

「探さなかったのかい。読売になりそうな話を聞けたろうに」

庄次は、眉を顰めた。

「見くびってもらっちゃあ困るぜ、旦那」

心底厭そうに聞こえる台詞の中に、ほろ苦い色が混じる。悔いだろうか。それとも、詫び。

新九郎は、役者だ。台詞や立ち居振る舞いに滲む色合いは、微かなものでも見逃さない。

ひょっとしてこの男、お七の二親と知己なのか。

新九郎の視線に気づいたか、庄次は、何かを誤魔化すようにまくし立てた。

「当人達ならともかく、身内は、いわばとばっちりを受けたのもおんなじだ。そいつらを追っかけてさらし者にするほど、あっしは野暮でも非道でもねぇ」

さて、お七の二親のことを掘り下げるか、それともとりあえず見なかったことにしてやるか。

少し迷ってから、その真ん中あたりを、突いてみた。

「お前さん、読売屋にしちゃあ随分殊勝なことを言うじゃないか。ひょっとして、身に覚えってんじゃあないだろうね。例えば、困った身内をお持ちかい」

庄次は、顔色こそ変えなかったものの、頬を微かに強張らせた。

新九郎は笑って詫びた。

「こいつは、余計なことを訊いちまった。忘れておくれな」

いきなり痛いところを突きすぎて、口を閉ざされては元も子もない。早々に、話の筋を変える。

「相手の男の素性は、知ってるのかい。今、どこで何をしている」

読売屋は、強張らせた頬を緩めた。ほっとしたように語り出す。

「お調べで、娘は相手の男の名、素性をがんとして言わなかったそうだ。健気じゃねぇか。惚れた男を巻き込みたくねぇ一心ってこった」

「健気というなら、黙って思い続けるだけで済ませて欲しいもんだね。去年の師走の火事のすぐ後に火付けなんざされたら、たまったもんじゃあないよ」

冷ややかに断じた新九郎へ、庄次は苦笑を向けた。

「身も蓋もねぇなあ。芝居にゃあ、よく出てくるような娘じゃああありやせんか。ああいうのを、健気ってんじゃゃねぇのかい、荻島の旦那」

今度は、新九郎が頬を強張らせる番だった。

こいつ。やっぱりお見通しかい。

新九郎は、低く囁いた。

「よく、お分かりだね」

「そりゃあ、人を見る目がなきゃあ、読売屋なんざやってられやせんから。ああ、ご安心なすって。今、飛ぶ鳥を落とす勢いの人気女形が干されて腐って、男姿で団子食ってる、なんてぇ読売は、間違ったって出しやせんから」

「嫌なことをお言いでないよ」

新九郎は、顔を顰めて言い返した。

庄次が、まんざら追従でもなさそうな口調で、「さすが、男姿をしてても、惚れ惚れする怒り顔だねぇ」と呟く。

新九郎は、小さな溜息をひとつ挟み、訊ねた。

「団子食ってるかどうかはともかく、お前さんの商売敵は、あたしのことを書き立てて、儲けてるって話じゃないか。お前さんの飯の種には、あたしはならないのかね」

「そりゃあ、先に書かれちまってるから。それよりも、ここで恩を売っといた方が、後々大きな飯の種になりそうでしょう」

それから、感じ入ったような吐息を吐き、声を潜めて付け加えた。

「それにしても、よく考えなすったもんだ。まさか『女より女らしい』と大評判の女形が、男姿で団子食ってるなんざ、誰も思わねぇ」

「団子、団子。しつこいね。いいかい、内緒だよ」

「分かってまさ」

「男姿も、読売なんぞに書いたら、承知しないからね」

「しやせんよ、そんな野暮」

この読売屋、よほど野暮が嫌いらしい。

新九郎は苦笑いを抑え、ぽつりと呟いた。

「そのお七さん、幼い娘の時分はどんな子だったんだろうねぇ」

きらりと、庄次の目が光った。読売屋とはこういう目で、売れそうな話を集めるのだろうか。それとも、「幼い娘のお七」に何やら心当たりがあるのか。

どちらにしても、油断がならない。軽い調子に惑わされがちだが、この男を侮っては、痛い目を見る。新九郎は、そう心に留めた。

「お七にまつわる騒動が、御身の周りにありやしたかい」

「なぜ、そう思う」

「そりゃあ、旦那。幼い頃はどんな子だったか。どんな親にどんな育て方をされたのか。そいつは、読売屋の目の付けどころと、おんなじだ。お七が火焙りになったまでは、あっしがもう書いちまってる。それでもお七のことを探ってるってぇことは、新しい何かが起きたんでしょう」

「あたしは、読売屋じゃないよ」

「けど、その読売屋にお七のことを訊いて回ってる」

ふう、と新九郎は溜息を吐いた。

遅かれ早かれ、吉原で噂の「お七様」の話は、客の口を伝って大門の外にも伝わるだろう。宴や寝物語には、持ってこいだ。今新九郎が黙っていても、いずれこの男の耳にも入る話だろう。

「実は、吉原でちょっとした噂になっていてね。お七と名乗る七つ八つの禿が、出るってさ。女達の間じゃあ『お七様』なんて、呼ばれてるよ」

庄次の目の光が、いよいよ強い色を帯びた。

「吉原、ね。なるほど、吉原か」

読売屋の呟きを新九郎は聞き咎めた。

「どういう意味だい」

読売屋は、思い出したように軽く薄っぺらい笑みを浮かべた。

「何、いかにも、そういう噂が立ちそうな場所だなって、思ったまででさ」

俯き加減でそう応じてから、庄次は新九郎の顔を覗き込んだ。

「主さん、怖うおすぅ、なんとかしておくんなんしぃ、とでも、馴染みの遊女に泣きつかれなすったかい。『荻島清之助』も隅におけねぇなあ」

新九郎は、庄次の襟首を摑んで、引き寄せた。

凄みを利かせ、低く囁く。

「団子の話とは訳が違うよ。悪いことは言わない。『女形が吉原通い』なんてぇ読売は、出さない方がいい。こう見えても、あたしは顔は広いんだ」

庄次は、降参、という風に両手を上げて、へらりと笑った。

「だから、いちいち釘刺さなくたって、そんなおっかねぇこと、しやしませんって。旦那に生業を取り上げられる前に、清之助贔屓の女達に吊るし上げられちまぅ」

確かに、ね。

「荻島清之助」贔屓筋の中でも大物の顔を幾人か思い浮かべ、新九郎は頷いた。引き立ててくれるのは有難いが、厄介でもある連中だ。

今度の芝居から外された時も、宥めるのに酷く苦労をした。放っておけば、座元や座頭へ怒鳴り込みに行きそうな勢いだったのだ。

多分「荻島清之助」のことを、「芝居しか知らない、浮世の垢など付いたことがない初心な役者」とでも思っているのだろう。

ぱっと、放るように襟を離してやると、庄次は「ああ、おっかねぇ」とぼやきながら、乱れた襟を整え、言った。

「少し、お七と身内、それに相手の男のこと、調べてみやしょうか」

ちろりと、新九郎は庄次を見た。

「身内をさらし者にする野暮は、しないんじゃあなかったのかい」

「読売にゃあ、書きやせんよ。とはいえ、正直気にならねぇっていやあ、嘘になりやすし」

「それで、見返りはなんだい」

新九郎の問いに、読売屋は、上を向けて開いた左の掌を、ぽん、と右の拳で打った。

「さすが、旦那は話が早ぇ。何、吉原で、その『お七のお化け』に何か動きがあったら、教えて頂きてぇだけでさ」

「書いていいことだけしか、教えてやらないよ」

「旦那ぁ、分かったことは一切合切教えてくだせぇよ。書くなってお指図がありゃあ、書きやせんから」

「そいつは、どうだろうね」

「ひでぇや」

「ところで」

するりと、新九郎は切り出した。

「お前さん、妙に思わなかったのかい。あたしの話を聞いた時」

庄次が首を傾げた。

「何が、でごぜぇやすか」

「火焙りになったお七は十六。吉原に出る『お七様』は、せいぜいが七、八歳。歳が違う」

庄次が、すっと目を細めた。

「旦那は、辻褄（つじつま）が合わねぇ話だとはお考えになってないように、見えやすがね」

「さあ、どうだろうね」

ひらりと躱した新九郎へ向け、庄次はにっこりと笑った。

「片や十六の娘盛り、片や七、八の童。その辺が、いかにも読売になりそうな不思議だ。だから、食いつかせていただいたんですよ」

「ふうん、そうかい」

新九郎の相槌（あいづち）に、庄次が顔を顰めた。

「嫌だなあ、旦那。そんなそっけない。まるであっしの言うことを信じてねぇみてぇだ」

新九郎は軽く笑って、読売屋を宥めた。

「誰もそんなことは言っちゃあいないよ」

本当かなあ。そんならいいんだけどよ。とぶつぶつ口の中で文句を言ってから、庄次はにかっと笑った。

人好きのする、取り分け女が気を許しやすい、笑みだ。

「で、何か分かったら、どこへお知らせに伺いやしょう。葺屋町(ふきやちょう)は、ちっと塩梅(あんばい)が悪いか。吉原でも構わねぇが、旦那の上がる見世じゃあ、あっしは門前払いかもしれねぇなあ」

葺屋町には、市村座がある。つまり、市村座へは知らせに行かない方がいいのだろう、と庄次は確かめているのだ。

新九郎は無愛想に往なした。

「葺屋町にゃあ、今はあたしはいないよ。吉原ってったって、御大尽遊びはしないからね。面白いことなんざひとつもありゃしない」

「そいつは、残念」

さして気落ちしていない様子で、庄次は笑ってから、ふと思い出したように話を変えた。

「吉原っていやあ、そうだ。去年師走の大火事の半月ほど前くれぇから、八百屋の周りを、妙な男がうろついてたってぇ話を聞きやしたぜ。話し振りから、吉原の者(もん)じゃねぇかって」

新九郎は、呟いた。

「吉原の」

「気になりやすかい」

「まあ、ちょっとね」

頷いて、ちらりと庄次を見遣る。読売屋が、おどけ半分で顔を顰めた。

「やだねぇ。そんな、艶っぺぇ目で見つめられちゃあ、『詳しく探ってみやす』って言いたくなっちまう」

「おや、言ってくれないのかい」

笑いを含んで問いかけると、庄次が諦めたように笑った。

「合点承知。で、旦那に会うにゃあどうすりゃ」

「そうだね」

少し考えて、新九郎は告げた。

「楓川の西岸、榑正町の庵へ顔を出しとくれ。あたしが空けてても留守番のばあさんがいるから、言付けてくれりゃいい」

そろりと窺うように、庄次が新九郎を見た。

「お住まいに邪魔しても、よろしいんで」

新九郎は笑みで応じる。

「構わないよ。住まいはそこだけじゃないから」

お前と縁を切りたくなれば、引き払えばいい。

言葉の裏に含ませた意味を、庄次は達者に受け取ったようだ。神妙な顔で、

「旦那にご厄介をかけるような真似は致しやせんよ」

とぼやいた。

「そうしてくれると、助かるね。あの庵は気に入ってるんだ」

ぱっ、と庄次が笑った。

「おや、嬉しいじゃやねぇか。気に入りの庵へ呼んでもらえるたあ」

しょんぼりしたり、喜んだり。忙しい男だね。

新九郎は苦笑しながら、二人分の茶と団子の代金を置き、立ち上がった。

「それじゃ、頼んだよ」

「旦那」

ふいに、妙に真摯(しんし)な声で呼びかけられ、新九郎は庄次を見下ろした。

庄次が、新九郎を探るような目で、見ていた。

「本当に、お七の火事に首突っ込むおつもりですかい」

まただ。

本当に、いいのか。本当に、首を突っ込むつもりか。本当はどんな、腹積もりなのか。

紅花、巴江屋の夫婦、彦太に続いて、今日初めて会った読売屋にまで、何やら念を押され、新九郎は微かに苛立った。

どいつもこいつも、一体何の呪(まじな)いだい。

腹の中で軽く悪態を吐いてから、新九郎は悪戯に笑って見せた。

「そうさね、もしあたしが『お七様』に祟られたら、せいぜい派手に読売に書いとくれ」

庄次は、軽く目を瞠ってから、おかしそうに笑った。

「合点承知」

「じゃあ、さっきのこと、頼んだよ」

「任せておくんなせぇ」

庄次の景気のいい声に送り出され、新九郎は茶店を後にした。

「お七の騒動」を書いたと名乗る読売屋には、出逢えた。腹に一物、という風情の男だから、ここはあちらの出方を暫く見た方がいい。

やれ、疲れたな。

新九郎は小さく溜息を吐いた。

団子一皿では、どうにも腹が満たされない。

ふきさんの、塩の効いた握り飯と漬物が食いたいねぇ。

ふきは、庄次に伝えた、榑正町の庵の留守を預かっているばあさんで、新九郎が庵にいる時は、何くれとなく世話を焼いてくれる。

小柄で皺くちゃ、白髪頭のばあさんだが、足腰も口も、若い女には負けないほど達者だ。つくる飯も美味い。新九郎の好みをよく承知していて、こちらの気分を察することにも長けているから、きっと新九郎の顔を見ただけで、塩の効いた握り飯と漬物を出してくれるだろう。

そうと決まれば、さっさと帰ろう。

新九郎は足を速めた。


ふきがつくる握り飯と漬物を思い浮かべながら、上機嫌で榑正町へ戻ってきた新九郎は、自分の庵の前が騒がしいことに気づき、駆け寄った。

小柄で皺くちゃなふきが、庵の木戸の前で大柄な男達の前に立ちはだかり、押し問答をしている。

男達の後ろには、大きな大八車に縄で括られている、石づくりの黒ずんだ鳥居。人ひとりが屈まずに潜れるほどの大きさだろうか。

新九郎は、先だっての舞台での騒動を思い出し、溜息を呑み込んだ。

男達は、ふきと睨み合っているのが六人、大八車の側にひとりの、都合七人だ。

急いでふきと六人の男達の間に割って入る。

ふきが、ほっとしたようにちらりと笑った。

見上げるような男達を相手に、一歩も引かないあたり、やはり並の男よりも余程肝が据わっている。

「一体、何の騒ぎだい」

男の顔を、新九郎は見回した。

大八車の側の男の他は、皆新九郎には見覚えがあった。六人は、新九郎を見るや、揃って厭な笑いを浮かべた。比べて、大八車の側の男の気弱そうな目が、新九郎の目を引いた。

僅かに気が逸れた新九郎へ、ずい、とひとりの男が近づいた。こいつは、素性も知っている。

「こりゃあ、清之助さん、お帰りで。いいんですかい、こんな色気も素っ気もねぇ、男姿で歩き回ったりして」

「大きなお世話だよ。それよりここは、ひとりでのんびり過ごすためのちっちゃな庵でね。大勢で押しかけられても、茶なんぞ出やしないよ」

新九郎を押しのけ、ふきが再び前に出ると、男に告げた。

「帰るんなら、そのご大層な荷物も持って帰ってくださいな。何しろここは、ちっぽけな庵ですから、お祀りするとこなんざ、ありゃしませんよ」

それから、ふきは新九郎に向けて伝えた。

「この、がらの悪いお人達が、あの焼け焦げた鳥居を、庵へ入れさせろっておっしゃるんです。こっちは、そんな薄気味悪いものを頼んだ覚えはないから、お引き取りくださいって何度もお願いしてるんですけどねぇ」

世間話のような、おっとりした物言いだが、ふきには妙な迫力があるのだ。

ふきと睨み合っていた男が、薄笑い交じりに言い返した。

「薄気味悪いなんて言ったら罰が当たるぜ、ばあさん。この鳥居はなあ、とあるお稲荷様の鳥居さ。あの大火事で、祠やら周りの木やらが燃えちまうなか、しっかり燃え残った、ありがてぇ鳥居だ」

「そりゃ、石ですからね。木よりよっぽど燃えにくいでしょうに」

「あんだと、ばばぁ」

いきがったって、お前さん達がふきさんに押されてるのは、お見通しだよ。大の男共がたったひとりのばあさんに通せんぼ喰らってるんだから。

新九郎は、苦笑いを堪えながら、再びふきを自分の背中へ庇った。途端にふきが浮かれた声を上げる。

「あらまあ、殿方に庇っていただくなんざ、いったいいつ以来のことでしょうねぇ」

「済まないけどね、ふきさん。ちょっと口を塞いでてくれるかい」

新九郎の頼みに、ふきは両手で口を押さえる仕草をした。それでよし、という風にふきへ頷きかけ、再び男達と向き合う。

「有難い鳥居なのは分かったよ。でもねぇ、見ての通り、ここはちっぽけな庵だ。その立派な鳥居をお祀りするだけの庭なんざ、ありゃしないんだよ。ふきさんも、あたしも頼んだ覚えはないしね。手間を掛けるけど、ここへ運ぶようにお前さん達に頼んだお人に、もう一度確かめて貰えるかい。勿論、一旦鳥居は持って帰っとくれ。ご近所さんが何事だ、と心配するからね」

男が、厭な笑いを浮かべた。すぐに笑いを収め、大仰に困った顔をする。下手くそな芝居だ。

「そうは言われても、ねぇ。清之助さん。こちとらも、子供の使いじゃねぇ。はいそうですかってぇ、すごすご帰るわけにゃあいかねぇんだ」

少し後ろにいたひとりが、新九郎と話している男の横に並びかけ、にたりと笑う。

「それによう。清之助さんだって、あっしらを邪険に追い返しちゃあ、ちっとばかり拙いことになるんじゃあ、ありやせんか」

新九郎は顔を顰めた。

この庵に客を呼ぶことは殆どないが、市村座の連中でこの庵を知っている者は、多い。芝居を降ろされて不貞腐れるなら、この庵だと誰もが見当をつけるだろう。

にやにやとこちらの出方を見守っている男達に、新九郎は訊ねた。

「まさか、とは思うけど、この鳥居の送り主は、辰乃丞さんかい」

「さすが、お察しのいいことで」

更に新九郎は、顔を顰めた。

男達の後ろにある、黒い煤を纏った鳥居へ目を向ける。

これが辰乃丞さんの仕業だって。それこそ、まさか、の話だよ。

心中でぼやいてから、苦い溜息をひとつ挟み、新九郎は男達に向かった。

「辰乃丞さんのお心遣いは、嬉しいけどね。こういうもんは、あるべきところで、ちゃんと祀られなきゃならない。そう新九郎が言ってたと、伝えとくれ。お心遣いをふいにした詫びは、改めて致しますってね」

辰乃丞の名を出しても、新九郎が引かないと見るや、男達が顔つきを物騒なものに変えた。

「あっしらの頼み主は、生意気な女形じゃねぇ。辰乃丞さんだ。構うこたぁねぇ、運んじまえ」

中心になっている男が叫んだ。

ふきが厳しい声を上げる。

「そんな乱暴、許されることじゃありませんよ。辰乃丞さんとやらの名にも傷が付くんじゃあありませんか」

ふきの迫力に、男達は束の間怯んだが、大八車の側にいた、それまで目立たなかった男が、おずおずと声を上げた。

「この庵へ入れねぇんなら、こいつは辰乃丞さんのお宅へ、お届けするんですかい」

男達が息を吹き返した。

目の前のばあさんより、辰乃丞さんを怒らせたくない。そんな顔つきだ。

「入れるぞっ」

再び、中心の男が声を掛けた。おう、と他の男達が銅鑼声で応じる。

新九郎は、ち、と舌を打った。

面倒な。

心中吐き捨て、大八車へ近寄る。

ふわりと、強い月桃の匂いが香った。

はっとした隙に、後ろから肩を分厚い手に掴まれた。

「女もどきは、すっこんでな」

背中から肩に掛けられたその手を、新九郎は払いのけた。

「汚ない手で、触るんじゃないよ」

冷たい怒りを孕ませ、低く告げる。

男が、怯えたように手を引っ込めた。

瞬く間に凍り付いた場を、聞き覚えのある声が乱した。

「旦那。こいつは一体、何の騒ぎでごぜぇやすか」

紅花に付いている男衆、彦太だ。

「彦さん。どうしてここに」

つい、気が彦太へ逸れた。

新九郎の怒りに呑まれていた男達が我に返り、息を吹き返した。

大八車に取り付き、掛け声と共に、庵へ向けて押し始める。

ふきが、声を荒らげた。

「止(や)めなさいと言っているでしょう」

ふきの声にはっとした彦太が、男達を止めようと、大八車の前に立ちはだかる。

男達と彦太の、大八車を挟んだ押し合いになった。

彦太は腕に覚えがあるようだが、多勢に無勢だ。新九郎が、諍いを止めようとした時だった。

大八車の陰を、朱華(はねず)の着物が通り過ぎた。

七歳、八歳の娘だ。

「お待ち」

声を掛け、新九郎は朱華の幼い影を追った。

大八車の傍らへ差し掛かった時だ。

ぎし、と、厭な音で、大八車に乗った鳥居が軋んだ。

傍らを、振り仰ぐ。

ゆっくりと、新九郎に向けて、鳥居が傾いだ。

月桃の香りが、強い。

足が動かない。

思わず、顔を庇った。

「旦那、危ねぇ――っ」

男達を押しのけ、彦太がこちらへ駆けて来るのが、見えた。

近づく彦太。近づく、黒い鳥居。

何もかもが、酷くのろのろと動いているようだった。

駆け付けた彦太に強い力で押され、新九郎は倒れ込んだ。

ずず、ん、と低く大きな音が響き、地面が小さく揺れた。続いて水を打ったような静けさがやってきた。

身体を起こすと、新九郎が立っていたところに、鳥居だった石くれが、飛び散っていた。綺麗に整えた木犀（もくせい）の生垣が、大きな欠片に潰されている。

「旦那、怪我は」

彦太が、新九郎を助け起こしてくれた。

左足首に、鈍い痛みが走った。

「足ですかい」

新九郎は、彦太に笑いかけた。

「大したことはないよ」

彦太は泣き出しそうだ。

「あっしが、突き飛ばしちまったから」

「何言ってんだい。彦さんが助けてくれなきゃ、あたしは今頃あの生垣みたいになってたよ」

遅れて我に返ったふきが、新九郎に駆け寄る。

「まあ、まあ、まあ――っ。お前さん達、これはただで済む話じゃあありませんよ。旦那様に怪我をさせて、他人様の庵の生垣を台無しにしてっ。旦那様、すぐにお役人様を呼びましょう」

ものすごい剣幕のふきと、役人という言葉に、男達は狼狽えた。

「ちゃ、ちゃんと大八車に括っておいたはずなんだ」

「怪我させるつもりなんか」

新九郎は、小さく息を吐き、すっかり取り乱している男達へ告げた。

「せっかく焼け残ったのに、こんなになっちまったんじゃあ、鳥居があんまり気の毒だし、罰当たりだ。こいつはちゃんとあたしが供養するから、お前さん達は、もうお帰り」

男達が、戸惑った様子で顔を見合わせる。

新九郎は、言葉を重ねた。

「なんだい。まだ難癖をつけるつもりかい。怒ったふきさんに役人を呼ばれたいんなら、止めやしないけどね」

はじかれたように、男達は逃げ出した。

その背中に、新九郎が釘を刺す。

「この顚末は、間違いなく辰乃丞さんにお伝えしとくれよ」

誰も返事をしないまま、男達の姿は見る間に見えなくなった。

「きっと、辰乃丞さんには伝わらないだろうね」

のんびりと呟いた新九郎に、ふきが呆れ交じりに応じた。

「そうでしょうね」


それから、壊れた鳥居の始末と、潰れた生垣のための植木屋の手配を、彦太が請け負ってくれた。新九郎に怪我をさせた詫びに、やらせてくれと言い張ったので、有難く頼むことにした。鳥居の供養を頼むのはそちら、砕けた石くれの始末はどこ、植木屋はあちら、それぞれの相手には、これこれこういう風に話を通して、という具合に細々と頼んだ挙句、ついでにもうひとつ、さっきの騒動で確かめたいことがあると伝えると、彦太はひとつも訊き返すことなく、こともなげに頷き、出かけて行った。

それからが大騒動だった。

ふきの怒りは留まるところを知らず、その怒りは、鳥居を運んできた男共に留まらず、怪我をさせられたのに、連中を帰してしまった新九郎にも向けられた。

「そういうけどね、ふきさん。あの人数をあたしと、たまたま居合わせた彦太の二人で捕まえろってのかい」

「ですから、ふきがお役人様を呼ぶと、申し上げたでしょうに」

「ふきさんが番屋へ走ってる間に逃げられるのがおちだろうねぇ」

「まったく、ああ言えばこう言う。役者ってのは厄介ですよ。口は巧いくせに、こんな怪我なんぞして。あの彦太さんってお人が庇ってくれなきゃ、どうなってたことか。一体、何をぼけっとされてたんですか」

新九郎の脳裏に、あの時、大八車の陰に見えた朱華の影が過った。

すぐに笑みを浮かべ、ふきに言い返す。

「誰だって、急にあんなもんが倒れてきたら、固まっちまうよ。足はともかく、顔は無傷なんだから、褒めて欲しいくらいだよ、ふきさん」

「何を、呑気なことを言ってらっしゃるんでしょうね、旦那様は。顔を庇って命を落としたら、元も子もないじゃあありませんか」

「いつものことだけど、手厳しいねぇ」

ふきはがみがみと新九郎を叱りながら、鮮やかな手際で新九郎の痛めた足首を冷やし、膏薬を貼ってくれた。

その間も、やれ、小袖が砂埃まみれだから着替えろだの、髷が乱れているからすぐに髪結いを呼ぶの、いや、その前に念のため御医師に来ていただいて、と忙しない。

「髪結いは、いいよ。どのみちこの足じゃあ、今日は出歩けないし」

「あらまあ、洒落者の旦那様らしくない。俺で一日転寝して過ごす時だって、御髪はきちんとされてるじゃありませんか」

「ああ、はいはい。ふきさんに任せるよ。あたしは大人しくしてます。それでね、忙しいところ済まないけど」

「何でございましょ」

「茶を一杯、貰えないかな」

ふきは、目を丸くした。

「まあまあ、気づきませんで」

「熱めのやつを、頼むよ」

「それじゃ、加賀の番茶をお淹れしましょうかね」

「いいね」

加賀ものの番茶は、浅めの焙じ加減が新九郎の口に合うのだ。

少し待つと、香ばしい香りの漂う湯呑を、ふきが持ってきてくれた。

湯呑を取り上げる手が、震えないようにするのに、少し苦心をした。

ゆっくりと口に含むと、甘さと飛び切りいい匂いが鼻に抜けていく。

熱めの茶に、張り詰めていた気持ちが、ほっと緩んだ。

湯気の立つ湯呑を傍らへ置き、新九郎は縁側から外の景色へ目を遣った。

庭越しに望める楓川は、昔からある堀だ。ゆったりした水面(みなも)の揺らめきと、楓川沿いの道を行き来する人を生垣越しに眺めるのが、新九郎の楽しみのひとつとなっている。

けれど今は、倒れてしまったあたりの生垣が、他がきちんと整えてあるだけに、痛々しい。

毎年秋の盛りを過ぎる頃、淡い黄色の小さな花を沢山つけ、いい香りを漂わせてくれていた。今時分は、濃く艶やかな緑の葉を思う存分茂らせ、生垣の向こうの人の視線を逸らしてくれていた。

可哀想なことをしたねぇ。

新九郎の心の裡を読み取ったか、ふきが静かに声を掛けてきた。

「倒されたのは、ほんの一角だけでございますよ、旦那様。あそこもまたいずれ、元通りになりますでしょ」

「ああ、そうだね」

新九郎は、静かに応じた。

この庵を、新九郎は甚(いた)く気に入っている。

人を呼ぶための家は、市村座近く、葺屋町に構えているが、ここは新九郎が静かに、ゆっくりと寛(くつろ)ぐための庵だ。そういう風にこだわって手を入れている。

番茶をもう一杯、ふきに頼んで、新九郎はゆっくりと息を吐いた。

ようやく、心から安堵(あんど)できた思いだ。

「さすがの『清之助』も、本物の鳥居に潰されそうになったんじゃあ、肝が冷えるよねぇ」

声に出して自身を茶化してみると、今更ながら背筋を冷たいものが走って行った。

この騒動が、新九郎が降ろされることになった舞台に準えたものなのは、子供でも分かるだろう。

嫌がらせか。いや、それにしては物騒だ。ひとつ間違えば、木犀の生垣のようになっていただろう。

彦太のお蔭で助かったが、なぜ彦太がこの庵に居合わせたのか。

気になるのは彦太だけではない。鳥居を運んできた男達の、狼狽え振りだ。

鳥居を新九郎に向けて倒すつもりも、新九郎に怪我を負わせるつもりも、なかったように見える。

たまたまにしては、出来すぎだ。

朱華の影。強い月桃の香り。あるいは――。

新九郎は、ぽつりと呟いてみた。

「『お七様』の祟りか」


次の日の午、縁側に手枕で寝そべりながら、新九郎は庭を眺めていた。

割れてしまった鳥居は、人出を頼んで早々に片付け、供養を頼んだ。昨日のうちに駆け付けてくれた植木屋は、鳥居の下敷きになってしまった辺りの生垣は、とり除くよりないと言った。すぐに、木犀の若木を新しく植えてくれたので、ぽっかり空いたような穴は塞がったが、そこだけ若々しく頼りない生垣は、妙な痛々しさを感じさせる。

あの子達がちゃんと育ってくれるまでの、辛抱だね。

そんな風に気持ちを切り替えたところへ、無駄に明るい声が響いた。

「どうも。読売屋の庄次でごぜぇやす。旦那はおいでで」

やれやれ。

新九郎は、小さな溜息を吐いた。

どうでも静かに過ごさせては、貰えないらしい。

外からは、縁側に寝そべっている新九郎の姿は見えないようだ。

「入っておいで」

新九郎は、手枕のまま声を掛けた。

そろりと、辺りを窺うように入ってきた庄次は、縁側でだらりと寛いでいる新九郎を見るなり、呆れた顔になった。

「あっしに色々探らせておいて、旦那は転寝ですかい」

それから、おや、という顔になり、くんくん、と匂いを嗅ぎ、面を改めた。

「旦那、膏薬臭(くせ)ぇ。そこの生垣といい、何ぞございやしたか」

「さすが、読売屋、ってとこかい」

軽く応じてから、軽い調子で伝えた。

「何、ちょいとした手違いで、古い鳥居が届いてね。押し問答してるうちに、大八車から転がり落ちてきたのさ。それを避けそこねちまった」

「鳥居、ね」

庄次が呟く。

「近頃、市村座で芝居の最中に、大道具の鳥居が倒れてきたってぇ騒ぎがありやしたっけねぇ。旦那も出てらした」

まったく、読売屋ってのは、やな商売だね。

新九郎が腹の裡でぼやくと、更に庄次は踏み込んできた。

「ご同業の嫌がらせってぇわけですか」

「さあ、ね」

冷ややかな新九郎の答えに、庄次が顔を顰めた。

「芝居町ってのは、つくづく、恐ろしいとこでごぜぇやすね。桑原、桑原。それで、お怪我の具合はどうなんです」

誰の仕業か、どんないざこざがあったのか、その辺りを詳しく聞くつもりは、庄次にはないようだ。

新九郎は、少し笑って答えた。

「足をちょっとね。大したことはないよ」

「まあ、顔じゃなくて、ようございました」

「そうそう。この稼業、顔は命より大事だからねぇ」

「旦那。命あっての物種、死んだら役者だってできやせんよ」

ふきさんと、同じことを言うな。

ちょっと笑ってから、新九郎は言い返した。

「お前さんが言い出したんじゃないか。それに、あの世でもできるかもしれないだろう。いざって時、顔に傷があったら困る」

庄次は、笑って言った。

「敵わねぇなあ、旦那にゃあ」

それから、出し抜けに、ぽん、と告げる。

「会って来やしたぜ。お七の惚れた男に」

新九郎は、庄次を見遣った。庄次が、にやりとひと笑いし、新九郎からすい、と視線を逸らした。

「どうしてた。どんな奴だい」

新九郎の問いに、読売屋が淡々と答える。

「あっしと、ご同業でね。まあ、ろくでもねぇ奴でごぜぇやしたよ。釣り合わねぇ恋を、お七のために手放してやることもできなきゃあ、読売に本当のことを書く覚悟もなかった。どっち付かずの優男でさ」

「読売屋と大店の娘の恋、か。ご同業のお前さんに言うのもなんだけど、確かに釣り合わないだろうね。お七さんの親御さんが許すとも思えない。まあ、それで思いつめて、手前ぇの家へ火付け、なんて真似をしたんだろうけれど。で、お七さんの親御さんは」

「亡くなってやした。噂から逃れるようにして家移りした先でも火事に遭いやしてね。火に巻かれてお陀仏、でさ」

ふと、新九郎は、開運稲荷で「お七様」が唄っていた子守唄を思い出した。

「『ととさまもてんてん、かかさまもてんてん。可愛い娘は、ひとりきり』か」

口ずさんでから、庄次を見遣る。

「なんだい、怖い顔してさ」

庄次が、へらりと笑った。

「この顔は、元々でさ。いえね、何のお題目かと思って」

「何でもないよ」

幾分素っ気なく応じると、庄次はあっさり「そうですかい」と引き下がった。

新九郎は、小さく息を吐いて呟いた。

「哀れだねぇ、お七さんも。少し辛抱すりゃあ恋が叶ったのに」

強い視線を、庄次がこちらへ向けている。新九郎は続けた。

「だって、そうだろう。もうちっと待ってりゃあ、手前ぇの恋路を邪魔する二親はいなくなったんだ」

「お七が火焙りにならなきゃ、家移りすることもなかったんですぜ」

「けど、幾度も火で割を食ってる。こういうのはね、いずれ辻褄が合っちまうもんなんだよ。こんな風にね」

ひんやりと、庄次が訊ねた。

「おっしゃる通りだとして。旦那は、恋のためなら、親が死んだことを喜べってんで」

「『恋に狂う』ってのは、そういうもんさ。自分の命も、親兄弟の命もどうだってよくなる。現に、お七さんは恋のために手前ぇの命を落とした」

確かにね、と庄次が呟くまで、少し間が空いた。その後、すぐに薄っぺらい笑みを新九郎に向けてくる。

「さすが、当世人気の歌舞伎役者のおっしゃることは、一味違うねぇ」

「そりゃ、厭味かい」

「なんで、そうなるんです」

「役者なんざ、芝居しかできない。浮世のことも芝居の筋に準えて大仰に考える。そういうこったろうに」

にやにやと、庄次が笑みを深くした。

「なるほど、どなたかにそう言われた、と」

「煩いよ」

むっつりと言い放つと、庄次がしんみりと呟いた。

「まあ、男が女を演じるってだけで、好き勝手ほざく奴もいるでしょうからねぇ」

憐れまれるってのも、なかなかこたえるもんなんだけどね。

新九郎は、腹の裡でぼやいてから、ふっと笑って気分と話を変えた。

「もうひとつ、頼めるかい」

「へぇ」

「御府内で、月桃を扱ってる店を知りたい」

庄次が、首を傾げた。

「げっとう。なんです、それ」

「知らないのかい」

「やっとうなら、知ってやすが」

「おきやがれってんだ。月桃ってのは、香だよ。薩摩や琉球のね」

「へぇ、そうですかい」

庄次は感心したように、頷き、

「合点だ。珍しい香ってんなら、日本橋か、両国（りょうごく）辺りを当たりゃあ分かるでしょう。他に、何かご用はございやすか」

と訊いた。

「今のところ、ないよ」

新九郎の答えを受け、庄次が立ち上がる。

「茶も出さずに、済まないね。手伝いのばあさんにゃあ、膏薬を買いに行って貰ってるんだ。お前さんに会ったら喜んだろうに。この庵に客は珍しい」

「そりゃ、ありがてぇ話で」

にっこりと笑った顔は、どこか子供のようで、こんな顔もできるのだな、と新九郎はひそかに面白く思った。

最初のふきの手当てがよかったのか、膏薬が効いたのか、「鳥居の騒ぎ」から三日で、新九郎は粗方元通りに歩けるようになった。

足慣らしを兼ねて、「お七様」のことを調べに出ようかと支度をしていたところへ、読売屋の庄次が訪ねてきた。

客だ、それもいい男だと、舞い上がるふきに、庄次は水瓜でも買ってきてくれないかと頼んだ。

ふきが名残惜しげに出かけるや否や、庄次が硬い顔で告げた。

「旦那。今朝がた、山谷堀で男の骸が上がったぜ」

新九郎は、庄次の顔を見返した。

庄次は、声を潜め早口で続けた。

「旦那は知ってるかい。死んだなあ、四郎兵衛会所の善助って男衆だ。それが、今を時めく紅花太夫に懸想をしていたらしい。吉原じゃあ、『お七様の祟り』だってんで、大騒ぎらしいぜ」

太夫――悋気(りんき)

紅花は、いきなり打たれた右頬に、思わず手を遣った。

痛いというより、熱い。

よろめいた身体をなんとか立て直そうとしたが、太夫道中のための高下駄では、踏ん張り切れず、自らが大きく左へ傾ぐのを止められない。

なんとか転ばずに済んだのは、紅花のすぐ後ろで傘持ちをしていた彦太が支えてくれたのと、道中の華やかな装束を身に着けた「太夫」の姿で、無様に地に伏すわけにはいかない、その一心のお蔭だ。

紅花に一番近いところにいた、肩貸し役の若い衆、繁蔵(しげぞう)は、目を丸くしてしづかを見たまま、動けずにいる。

辺りは、しん、と静まり返った。

「巴江屋」から宴のある「松葉」へ向かう太夫の道中を始めようという、まさにその時。「巴江屋」の見世先で、騒動は起きた。

先ぶれの若い衆と紅花の間に、「巴江屋」の格子、しづかが、いきなり割り込んできたのだ。

置屋から姿を見せた太夫に、見物客がどっと沸いた刹那(せつな)。

紅花と、その道中に連なる皆が息を整えた、ほんの短い隙。

狙い澄ましたように、しづかは、紅花の前に立った。

しづかが、紅花を睨み据えた。

燃えるような目をしている。この火は、悋気の炎だ。

そう思った刹那、頬を打たれた。

しづかの華やかな装束は、襟元も、裾も、無様に乱れている。紅花を叩いた勢いで、笄がひとつ、しづかの乱れた髪から滑り落ちた。

誰ひとり、声も上げられなかった。

若い衆も見世の者も、いきなりの狼藉（ろうぜき）に、しづかを止めることさえ思いつかないようだ。

「このっ、盗人女（ぬすっとおんな）っ」

しづかが、叫んだ。

「よくも、よくも、あたしのいいひとをっ。あのひとは、あんたに懸想したせいでっ。あんたが背負ってる祟りのせいで、あのひとは――」

この騒ぎの中、いち早く我に返ったのは、新造の紫野だった。

両手を広げ、しづかと紅花の間に割って入り、凛とした声を上げた。

「およしなんし、しづかさん。太夫が格子のお客さんを盗（と）るなぞ、ある訳がござんせんでしょう。紅花太夫のお客さんは、揚屋でお待ちになる旦那さんばかりでござんす。わざわざこなたのいいひ、となんぞ盗らずとも、素晴らしいお人が揃っておいでござんすよ」

「お黙りっ、小娘の出る幕じゃあないよっ」

しづかは、すっかり頭に血が上っている。

だが気の強い紫野も負けてはいない。一人前の遊女、それも太夫に次ぐ格の女相手に、ゆとりの笑みを浮かべた。

「どちらが小娘のようか、周りの方々にお訊ねしてみんしょうか。しづかさん、まるでおやつを貰いそこね、癇癪を起こしている駄々子のようでありんすえ」

「半人前の新造に、何が分かるっ。この女が盗ったのは、客なんかじゃない、あたしの――」

彦太が、金切り声で騒ぐしづかの腕を引いた。耳元で囁く脅しが、紅花の耳にも届いた。

「その辺りにしておきやしょうや、しづかさん。見世の前で、見世の看板、紅花太夫の道中にけちをつけた。その上、客じゃねぇ男との秘め事を見物客にぶちまけるおつもりですかい。切見世に落とされたくなきゃあ、そっから先は、止めといたがいい」

怒りと悋気で赤黒く染まっていたしづかの顔が、さっと青ざめた。わなわなと、傍からも分かるように震え出す。

ここへきてようやく、繁蔵が我に返った。肩貸しは太夫の警護も兼ねている。本来なら、彦太の役目を繁蔵がしなければいけなかったのだ。

繁蔵は、縛めるようにしづかの腕をとった。

「さあ、ともかく中へ戻りやしょうか、しづかさん。彦太、太夫の肩貸し、頼めるかい」

彦太が、ほんの少し弾んだ声で、「へい、お任せくだせぇ」と答えた。

繁蔵がしづかを引きずるようにして、「巴江屋」の中へ入っていった。

二人の背中を見送っていると、柔らかな手が紅花の手を取った。

新造の小雪だ。

「大丈夫ですか、太夫」

紅花は、ようやく頷いた。

頬を張られることなぞ、太夫に上がる前はしょっちゅうだった。遊女同士の取っ組み合いに巻き込まれたことだって幾度もある。紅花は、蹴られても、殴られても、決してやり返しはしなかったけれど。

そうして、太夫まで上り詰めた。

だから、頬を張られることも、面と向かって罵(ののし)られることも、紅花にとっては大したことではない。

ただ、道中の折は別だ。

太夫にとって、少なくとも紅花にとっては、宴と同じほど、道中は大切な場なのだ。

宴を張るだけの金子(きんす)を持たない客にも、太夫の技や意気、一番明るく華やかな吉原を見てもらえる場、道中。

それをこんな風に泥臭く乱されることなぞ、考えたこともなかった。

思ったよりも、そのことに打ちのめされていたらしい。

しっかり、しなんし。紅花。

自らを叱咤する。そっと息を吸って、吐く。もう一度。

小雪が、紅花を覗き込んで、囁く。

「心配なさらずとも、大丈夫でござんすえ、太夫。これくらいのこと、何でもありんせん。この後、太夫の道中を一目でも見たなら、皆その前の小さな騒ぎなんぞ、すっかり忘れてしまいんす。すぐに誰の口にも上らなくなりんす。それほど太夫の道中は、とびきりの憧れでござんすから」

紅花は、微笑んだ。

紫野といい、小雪といい。自分が守り、諭し、導いてきたと思っていた新造に、助けられるとは。知らないうちに頼もしくなってくれた。

紅花は、気持ちを切り替えた。

そう、自分の道中は、誰にも、どんなことにも邪魔されたりしない。

「笄、乱れてはいないかえ」

そっと、小雪に訊ねる。

嬉しそうに、小雪が囁いた。

「どこも。眩(まぶ)しいほどにお綺麗でござんすえ、太夫」

「彦さん、肩を」

彦太に声を掛ける。

彦太が、張りのある声で「へい」と、応じた。

紅花は、前を向いた。

「では、参りんしょう」

朗々と、若い衆が声を上げた。

「ご出立（しゅったつ）。紅花太夫の、ご出立でございやぁす」

耳に心地よい木遣（きや）り唄が、それに続いた。

紅花太夫の道中が、前へ進み始めた時だった。

「巴江屋」の入り口、ごった返している大人達の姿に交じって、朱華の帯を締めた、幼い禿の姿に、紅花は気づいた。

先刻の騒動と、紅花の出立で沸き立っているせいだろうか。

酷く目立つ美しい子なのに、誰もその禿に気づいてはいなかった。

黒く濡れる、妖しい瞳が、じっと見世の中を睨んでいる。

ふ、と、何かに気づいたように、禿が紅花を見た。

円らな瞳が、す、と細められた。

赤い唇の端が、ゆっくりと吊り上がる。

禿は、紅花に向けて笑ったのだ。

そう気づいた時には、もう禿の姿は見えなくなっていった。

「太夫」

肩貸しを務める彦太の囁きで、紅花は我に返った。

格子――幻

しづかは、紅花太夫の道中の邪魔をし、太夫をひっ叩（ぱた）いたせいで、格子から閉め出され、自分の部屋から出るなと、言いつけられていた。

折檻（せっかん）部屋へ入れられなかったのは、散茶（さんちゃ）のくせに客の選（え）り好みが激しいと叱られた先客がいたからだ。

つい、怒りに任せてしまったが、太夫道中を邪魔したのは、さすがにまずかった。

今言うことを聞いておかないと、大変なことになる。

しづかは大人しく自分の部屋に閉じこもった。

起きていてもすることがないから、早々に床に就いた。

けれど、苛立ちと怒り、哀しみでさっぱり寝付けない。

初めは、紅花が憎くて憎くて、たまらなかった。

惚れた男――会所の善助が死んだ。

しづかが、自らよく承知している悪い癖。

ろくでもない男に限って、周りが見えなくなるほど、のめり込むのだ。

そういう男にしか、惹かれない。

それさえなければ、今頃は太夫に上り詰めていただろう。

だが、心ばかりはどうにもならない。

いけないと思えば思うほど、惹かれるのだ。

善助のような、ろくでもない男に。

善助が、紅花に懸想をしていたことは、しづかも気づいていた。

けれど相手は太夫だ。会所の男衆なぞ相手にはしないと、たかを括っていた。

それでも善助に、諦める様子はなかった。

よほど本気で惚れたのか――。

胸が焼けるようだった。

募る悋気のまま、しづかは恨みと憎しみを、紅花に向けた。


あの女、最初(はじめ)から、気に食わなかったのだ。

自分の方が器量はいい。閨(ねや)での手練手管だって、あの人形のような女よりも自分が上のはずだ。

なのに、あの女が先に太夫になった。

憎たらしくて、色々な嫌がらせをしてやった。

でも、あの女は揺るがなかった。

それが、また憎たらしい。

でも何より憎いのは、善助の心をしづかから奪ったこと。

そうして、しづかの想いは恋しい善助へ戻っていく。

お前に惚れた。

そう言ってくれたのは、嘘だったのか。

自分は、紅花を手に入れるための足がかりでしか、なかったのか。

どんなろくでなしでも構わなかったのに。

だから、善助に言われる通り、「お七様の祟り」の話を大きくしたり、紅花太夫と祟りを結び付けたり、悪巧みの手伝いまでしたというのに。

正直なところ、しづかは、善助への惚れた弱みだけで手伝ったわけではなかった。

大金が手に入る。

それに目が眩んだ。

善助がいうほどの金子があれば、紅花に負けない装束だって手に入る。太夫になるための袖の下だって、いいだけ使える。

一緒に稼いで、一緒にいい思いをしようと、善助は言った。

だから、楽しみにしていたのに。

しづかは、唇を噛んだ。

善助は、酔って山谷堀に落ち、溺れ死んだのだという。

善助は、酒に強かった。

どれほど呑んでいても、自分から堀へ落ちるほど足許がおぼつかなくなることなんか、なかった。

なのに、なんてつまらない最期なのだろう。

やっぱり、とんだろくでなしだった。
善助が目論んでいた稼ぎも、水の泡だ。
いくら詰りたくても、すでに善助はあの世だ。
そう思うと、悔しくて、恋しくて、なんだか泣けてきた。
辛くて悲しくて、寂しい。
ろくでなしだからこそ、惚れた。それが自分だ。今さら変えられない。
しづかは、善助を想って泣いた。
泣きながら、眠ってしまったらしい。
自分を呼ぶ幼い声で、目覚めた。
「もし、もし。お前様」
せっかく、善助との楽しい夢を見ていたのに。
ぼんやりとそんなことを考えながら、まだ夢心地で、重い瞼を上げる。
息がかかるほど近くに、幼い女の子の顔があった。
行燈の薄暗い灯りを、肩のあたりで切り揃えた艶やかな髪が、はじいている。
瞬きをしない、黒い目がじっとしづかを見た。
ひっと、しづかの喉が、高く細く鳴った。
幼い、けれど恐ろしいほど美しい貌。
しづかは、この顔を確かに知っていた。

善助の悪巧みの種。あの禿だ。

分かっていて、目が釘付けになった。

怯えも憎しみも、幼さも老練も、何も感じられない、ただ、その向こうに深い闇が広がる、濡れたような瞳。

助けて。吸い込まれる。

目の前の娘が、口を開いた。

「あの男。わたしを騙して、こんなところへ連れてきて。私を助けてって頼んだのに、助けてくれなかった。私は死んでしまった。嘘つき。許さない。お前も、同じ。だってあの男のいいひとで、あの男の手伝いをしてたもの」

「あ、あたしは知らない。善助さん。そう、善助さんが――」

ようやく音になった自分の言葉に、自分でぞっとした。

この娘、まさか本当に「お七様」なんじゃないだろうか。

この娘を種に悪巧みをしていたらしい善助が、酔うはずのない酒に酔って死んだ。

もしや、この娘が、噂の通り、善助に祟ったのでは――。

しづかが思い至った刹那、娘のふっくらした唇が、再び動いた。

「お前も、嫌い。お前なんか、消えちゃえばいいのに」

消えちゃえばいいのに。

小さな娘の邪気のない言葉。ほんのりと、甘く、それでいて青臭い香りが漂う。

この香り、紅花の月桃だ。

やっぱり、紅花が「お七様」を操っているのだ。

道中を邪魔した自分に仕返しするため、「お七様」を差し向けたのだ。

しづかは、月桃の香(か)が嫌いだ。甘いくせに薄荷(はっか)を嗅いでいるような、寒々しい匂い。

きっと、しづかがこの香りを嫌っているのを知って、紅花が嫌がらせでこの娘に月桃の匂いを付けて差し向けたに違いない。

にっこりと、娘が可愛らしい笑みを浮かべた。

恐ろしさと、苦手な月桃の匂いで頭がくらくらする。考えが纏まらない。焦りと畏(おそ)れだけが、しづかを満たしている。

娘が細めた目でじっとしづかを見つめた。

闇よりも深く、何の光も見いだせない瞳。

その闇が、しづかの視界すべてを覆うように、広がっていく気がした。

「消えちゃえ。今すぐ」

娘が、楽しそうに命じた。

誰かが、金切り声を上げた。自分とよく似た声だ。

しづかは、娘を押しのけて、駆け出した。

女形──思案

新九郎は、揚屋「松葉」で、ひとり紅花を待っていた。

急に、無理を言って紅花を呼んだから、先客の宴から紅花が戻るまで待たなければならないのだ。

先客は紅花とは新九郎よりも長い付き合いで、宴も芸妓や幇間を呼び、華やかで賑やかなものらしい。

紅花と新造の小雪しか呼ばない新九郎の宴とは、雲泥の差である。

客が重なった時は、古馴染み、上客を重んじる。吉原の決まり事だ。

そんな時でも新造は付いてくれるのだが、新九郎は断った。

ひとりで考えを纏めたかったのだ。

紅花の周りをうろついていた会所の男衆、善助が死んだ。

読売屋の庄次が、熱心な吉原通いの男達から、善助の評判を聞き込んできてくれた。

善助は大酒呑みの酔い知らず、千鳥足の挙句堀に落ちるようなへまをするとは、考えにくいのだという。

また、お世辞にも性質がいいとは言えない男だったようだ。

例えば、公儀を茶化すような戯(ざ)れ唄を唄う幇間。例えば、商売敵を出し抜く算段をする商人(あきんど)。

賄賂(まいない)と引き換えに悪事を見逃す役人。

大門裡は、危うい悪ふざけや、きな臭い「秘め事」に満ちている。

吉原に住む者は、悪ふざけを笑い飛ばし、耳にした「秘め事」はすぐに忘れる。

大門の外へ漏らすこと、はない。

それもまた、吉原の習わし、意気だ。

なのに、善助はそれを使って、金子を得ていた。

小役人には、公儀を種に客の笑いを取っている幇間や、女犯の罪を犯している生臭坊主の名を。

大店の主には、商売敵や客の弱みを。

善助は、吉原で耳にしたそんな話を売って小金を稼いだり、時には自ら脅しをかけて金を巻き上げたりしていた。

更に、弱みのない者の弱みを「つくる」なぞという物騒なこともしていたらしい。

ろくでもない奴だと呆れた新九郎に、庄次は言った。

確かにろくでもない奴ではあるが、手を出していい話か否かの見極めや、自分にとばっちりが来ないよう、相手の首を絞めすぎないよう手加減をする塩梅は大したものだった、と。

新九郎は、ひとり唸った。

だとしたら、なぜ善助は命を落としたのか。

やはり、勝手に酒に酔って自分で堀に落ち、溺れ死んだか。

塩梅を心得ていても、やはり恨んでいた奴はいて、そいつに川へ突き落とされたか。

あるいは、つい大金に目が眩んで、危ない「秘め事」に手を出して葬られたか。

つらつらと思案を巡らせていると、ふと、庄次の話が思い出された。

――反吐が出そうな話もあってね。ある大店の主から「娘が悪い男に誑かされている。なんでもいいから相手の男の脛の傷を、調べてくれ。なければつくってくれてもいい」などという、胡散臭い頼みを請け負ってたって噂も出てきた。悪巧みは周到だが、黙ってられねぇ性質だったようでねぇ。いい金になるってぇ、手前ぇからあちこちで自慢してたらしいぜ。

新九郎は、顔を顰めた。

胃の腑がもたれるような話だ。

娘の惚れた男が「悪い奴」なら、その脛の傷を探したりでっち上げたりするまでもないだろうに。

要は、父親がその男を気に入らないか、娘は自分の商いに都合のいいところへ嫁がせるつもりだったのだろう。

娘の嫁ぎ先を父親が決めるのは、当たり前のことだ。だが、そのために娘と好き合っている男を、正真正銘の「悪い奴」を使って陥れようとするなぞ、父親の方がよほど、ろくでもない性分だ。

だが、そういえば。

ふと、新九郎は引っかかった。

なぜ、悪巧みに周到だったという善助が、その話だけ不用意に吹聴して回ったのか――。

『旦那、新さん』

自分を呼ぶ声が、襖の向こうから聞こえ、新九郎の思案は途切れた。

「巴江屋」の若い衆、彦太だ。

新九郎は、のんびりと答える。

「ああ、彦さんかい。お入りよ」

『失礼しやす』

律義な声と共に、襖が開いた。

部屋の外で畏まっている若い衆を手振りで招き入れる。

何やらもの言いたげな顔でこちらを見ている彦太を、新九郎は笑って宥めた。

「あたしが待ちぼうけを食ってることなら、気にしないでいいよ。こっちが無理を言って太夫を呼んだんだから。それより、先だっては助かったよ。お蔭で命拾いをした」

三日前、大八車から倒れてきた石の鳥居の下敷きになりそうになった時、彦太が庇ってくれなければ、潰されたのは木犀の生垣ではなく、新九郎だっただろう。

「足のお怪我は」

「もう、すっかりさ」

「そいつは、ようございやした」

ぽつぽつとした遣り取りの流れに乗って、新九郎はさりげなく訊ねた。

「あの時彦さんは、うちを訪ねてくれたのかい」

ほんの小さな間の後で、彦太は答えた。

「いいえ、ちょいとした頼まれ事で、たまたま通りがかったんでさ。旦那のお住まいだったとは、存じやせんでした」

「ふうん、頼まれ事ね。相手は太夫かい」

更に訊くと、彦太は黙ってしまった。その黙りようで察する。

なるほど、当たりか。

鳥居が倒れて来る少し前から、月桃が強く香っていた。

あの香は、琉球や薩摩で好まれていると聞く。紅花も郷里の薩摩を懐かしんで、月桃を使っているのだろう。

江戸では珍しい香(こう)だ。少なくとも自分は、つい先だってまで、紅花と会う時にしか嗅いだことがなかった。

そして、朱華の帯を締めた、幼い影。

新九郎は、もう一押ししてみることにした。

「いつもの香でも、頼まれたかい」

「香、でごぜぇやすか」

彦太は、首を捻(ひね)りながら口を開いた。

「太夫の香は、『長崎屋(ながさきや)』さんにお頼みしておりやすんで」

「長崎屋」は、「巴江屋」と同じ京町、仲之町を挟んだ二丁目に見世を構えている置屋だ。江戸ではなかなか手に入らない月桃を、「長崎屋」に頼んで格別に都合してもらっているということらしい。

他の置屋の手を煩わせる。太夫だからこそ通る我儘だろう。

新九郎は、にこっと笑い、彦太に応じた。

「ああ、そうだった。確か、『長崎屋』の主の娘さんが薩摩の商人へ嫁いだんだっけね」

彦太の微かにほっとした様子を確かめ、新九郎は話を変えた。

「ところで、あたしに何か用かい」

彦太が、新九郎を見た。

「無口な彦さんが、まだ太夫んとこへ戻ろうとしないってのは、何かあたしに大ぇ事な用があるんじゃないか、ってね。まさか、小雪の代わりに酒の相手でもしてくれようってんじゃあ、ないよねぇ」

仕上げの軽口は、女形の口跡を使い、ちょっと彦太をからかってみた。

生真面目な若い衆は、青くなったり赤くなったり、気の毒なほど狼狽えた。

「め、めめめ、滅相もねぇ。勘弁しておくんなせぇ」

甲羅の中に引っ込んだ亀のようになってしまった彦太に、新九郎は笑って詫びた。

「ただの悪ふざけだよ、彦さん。顔を上げておくれ」

そろりと顔を上げた彦太は、微かに恨めしそうな目をしていた。

くすくすと笑いながら、改めて促す。

「で、用があるんだろう」

彦太は、少し迷うように視線をさ迷わせてから、切り出した。

「実は、今日の道中で、ちょっとした騒動がごぜぇやして」

「へぇ。太夫に懸想した客でも、飛び出してきたかい」

「しづかさんが、道中の邪魔を」

「しづかってのは、『巴江屋』の格子だね。太夫道中の邪魔とは、随分腹の据わったことを。一体、何をしたんだい」

「太夫が、お顔を張られやした」

新九郎は、目を丸くした。

「そいつはまた、豪気だね。後が大変だろうけど」

「巴江屋」の天辺、吉原の天辺を張る太夫の顔を、晴れ舞台の道中でひっ叩いたとなれば、しづかはただでは済むまい。

だがしづかよりも、心配なのは紅花である。太夫の意気の見せどころである道中を汚(けが)され、人前で頬を張られ、どれだけ心が乱れ、傷ついているだろう。

「太夫は、どうしてる」

低く訊ねた新九郎に、彦太も声を潜めて答える。

「気丈に振る舞っておいでですが、お心裡は穏やかじゃあねぇと」

「分かった」

新九郎は頷いた。

「のんびり、気散じして貰うよ」

彦太が、ほっとしたように頷いた。

「その代わりといっちゃあ、なんだが、彦さんに訊いてもいいかい」

腰を浮かしかけていた彦太が、居住まいを正す。

「何でごぜぇやしょう」

「うん。会所の男衆が山谷堀に落ちて溺れ死んだんだって」

本当は、紅花に訊くつもりだった。

だが、騒動があったばかりの紅花に訊けるような話ではなさそうだ。

彦太は、すぐに頷いた。

「へい。善助さんで」

「あの、太夫の周りをうろうろしてた奴だよね」

「へい」

「酒を過ごした挙句だって話だけど、本当かい」

「そう聞いてやす」

「酒には大層強い男だったって噂じゃないか」

「酔うまで呑むほど、厭なことでもあったんでごぜぇやしょう」

彦太は、するすると、何の屈託もなく新九郎に答えている。

酔っ払いが堀に落ちて死んだだけだ、と信じている——もしくは、新九郎を信じさせようとしている——答えだ。

新九郎は、もう一押ししてみた。

「『お七様の祟り』だって、噂も出てるそうだね」

ああ、とあっさり彦太が頷いた。

「善助さんも『お七様』に祟られた、そのせいで死んだってぇ騒いでる女が、見世にいるんでさ」

「そいつは、誰だい」

「格子の、しづかさんで」

ここでも、しづかか。

「なるほどね」と、新九郎は笑った。

問うような目でこちらを見た彦太に応え、言葉を添える。

「お前さんが、手前ぇの見世の遊女を『女』と、乱暴な呼び方をするなんざ、珍しいからさ。相手が太夫の頬を張ったしづかだってぇんなら、まあ、無理もないなって思ったんだ」

「それだけじゃあ、ねぇんで」

思わず、といった風に呟いてから、彦太はむっつりと黙り込んだ。

廓は、女の戦場のようなものだ。取り分け、その天辺にいる紅花には、陰口、嫌がらせの矛先が向けられるのだろう。

新九郎はそう察し、話を戻した。

「仲がよかったのかい。善助としづかは」

彦太が、言い淀んだ。

「太夫から聞いてるだろう。あたしは、太夫に『お七様の祟り』の騒動を収めるって、請け合ってるんだ。知ってることがあるんなら、教えちゃあ貰えないか」

更に暫く考え込んでから、彦太が重い口を開いた。

「多分、いい仲だったんじゃねぇかと」

「おいおい、会所の男衆と遊女が、かい。そいつはまた、どっちもただじゃ済みそうにない」

「へい」

「善助は、紅花太夫に懸想してたんじゃなかったのかい」

新九郎の呟きに、彦太が放るように答えた。

「だから、太夫がしづかさんに叩かれたんでさ」

「なるほど。女も男も、悋気は怖い」

脳裏に、市村座立役の辰乃丞が新九郎に向ける、昏(くら)い悋気を孕んだ視線を、そして、鳥居が自分に向かってゆっくりと傾いでくる様を、思い出す。

幻を振り払うように頷いてから、「引き留めて悪かったね」と、彦太を紅花の元へ帰した。

ひとりになって、また考える。

彦太の話が本当なら、紅花の頬を張ったくらいでは、しづかの憎しみは収まらないだろう。

今以上に妙な噂を立てられなければ、いいが。

太夫——噂の矛先

「巴江屋」の格子、しづかが死んだ。

道中を始めようとした紅花の頬を人前で張った、その夜更け、しづかは足抜けを図った。豪気に、大門を駆け抜けようとしたのだという。

目の前で足抜けを図った遊女を会所が見逃すはずもなく、その場で捕えられ、「巴江屋」の折檻部屋へ押し込められたのだ。

騒ぎの後の夜明け、しづかが折檻部屋で首を吊って死んでいるのが、見つかった。

楼主夫婦は、揃って狼狽えている。

「太夫」

心細げな声で、綾糸が紅花を呼んだ。床を上げたばかりで、まだ顔色が悪い。

紫野が綾糸を励ました。

「大丈夫よ。すぐに妙な噂なんか、消えるわ」

けれどその声は、心なしか硬い。

小雪は黙したまま、助けを求めるように紅花を見つめている。

紅花は、そっと溜息を堪えた。

無理もない。

吉原中の疑いの目が、今、紅花へ向けられている。

会所の善助も、「巴江屋」のしづかも、紅花が「お七様」を使って祟り殺したのではないか、と。

――会所の男衆の次は、しづかさん。太夫にとって鬱陶しいお人が、次々に、あの禿、いえ、「お七様」に会うた後、消えおした。

――あの、道中を邪魔したのは、酷おしたから。

――ええ。太夫でなくても、呪い殺しとうなりんす。

――それだけじゃあござんせん。「お七様」からは、太夫と同じ香が匂ったと。

――ひえ。

――わっちも聞きんした。しづかさんが亡くなる前、そう訴えておいでだったとか。

――し。滅多なことを口にすると、どこで「お七様」が聞き耳を立てているか、わかりんせん。お怒りを買うと、善助さんやしづかさんのように、なりんすよ。

――こちらまで側杖をくろては、かないんせん。

――おお、怖。

――おお、こわ。

こんな声が、こうまであからさまに、何の憚りもなく紅花まで届くのは、鶴右衛門とりきが取り乱しているせいだ。格子だろうと太夫だろうと、遊女が死んだくらいではびくともしなかった二人が、置屋そっちのけで、探し回っている。

これは紅花が、引き起こしたことだ。だから、自分はいい。

けれど、新造や禿達は辛いだろう。

自分に向かう冷ややかな敵意。あからさまな疑い。

そういうよくない気は、向けられた者、その周りの者の心や身体を蝕(むしば)んでいく。

可哀想に、これでは針の筵(むしろ)だ。慕ってくれる娘達が、今、自分の側にいるのはよくない。

もう一度、紅花は零れかけた吐息を呑み込んだ。

しづかは、会所の男衆に捕えられてから、ずっと訴えていたそうだ。

自分は、足抜けなぞするつもりはなかった。

ただ、「お七様」から逃げただけだ。

逃げて、逃げて、気づいたら大門を潜ろうとしていた。

勿論、そんな言い訳が通るはずもなかったけれど。

紅花は、そっと溜息を零した。

あの、しづかが足抜け。

俄(にわ)かには信じられない話だ。

しづかは、野心を持っていた。

いつか太夫になって、紅花を蹴落とし、「巴江屋」の天辺に。

そうして、ひとかどの大名に身請けされ、跡継ぎを儲ける。

——女が出世できるのは、大奥か吉原(なか)のみ。わっちは吉原に入れられたこの身の上を、むしろ運がいいと思っていんす。

しづかは常々、そう口にしていた。

あの燃える目は、強がりとは思えない。

そう考えると、「お七様」から夢中で逃げただけ、会所に捕えられ、初めて大門の外に出ようとしていたことに気づいた、という話も、あながち苦しい誤魔化しとも言い切れない。

そのしづかが足抜けを図ったとは俄かには信じられないが、自ら命を絶ったことは頷ける。

捕えられたと聞いた時、紅花は何よりそれを案じた。

逃げおおせるにしろ、捕えられるにしろ、もうしづかの野心が叶えられることは、ない。

足抜けを図り、捕えられた遊女の末路は酷いものだ。

きつい折檻を受けた後、格下の見世へやられる。

「巴江屋」の足抜け遊女に対する仕打ちは、取り分け厳しい。

一気に、御歯黒溝近くに並ぶ切見世——町場の夜鷹と変わらぬ、酷い見世だ——へ落とされる。

そこから、籬——遊女が居並ぶ格子を構える見世へ這い上がった遊女を、紅花は知らない。

しづかの足抜けを知らされた時、もっと強く、楼主や置屋の若い衆に、気を付けるよう言っておけばよかったと思う一方で、こんな風にも考えてしまう。

命を失うことと、御歯黒溝の切見世へ落とされること、しづかにとって、どちらが酷な話だったのだろう。

唇を噛んだところで、「太夫」と小雪の呼ぶ声に気づいた。

「どうなさいました」

我に返って、紅花は微笑む。

今の自分には、しづかを憐れむより先にやることがある。

新造と禿をひとりずつ慈しむように見遣ってから、切り出した。

「みんな、若竹（わかたけ）さんのとこへ、移りなさい」

親鳥が巣へ帰ってきた時、一斉に口を開ける雛（ひな）のように、皆が揃って、勢いよく首を横へ振る。

若竹とは、「巴江屋」の格子で一、二を争う人気の遊女だ。気風（きっぷ）がよく、曲がったことが大嫌いな、勇ましい女である。

他の遊女と同じように、若竹もまた紅花を冷ややかな目で見ているが、肩身の狭い思いをしている紅花の新造、禿に八つ当たりをするような性分ではない。頼めば引き取ってくれるだろうし、邪険にすることもあるまい。

紅花は、言葉を重ねた。

「よくよく、お頼みしておくから」

新造も禿も、先刻より大きく、首を横へ振った。

「いやです」

涙声で訴えたのは、綾糸だった。小雪が続く。

「どうか、このまま、太夫の元に置いてくださいまし。どうか、この通り」

紫野が、きっ、と紅花を見た。

「ここにいる皆の気持ちは同じです、太夫」

禿が、息の合った仕草で、繰り返し頷いた。

紫野が続けた。

「それより心配なのは、太夫です」

紅花は、皆に笑いかけた。

「ありがとう。でも私のことは、心配いらない。お前達は、若竹さんのとこへ行った方がこれからのためにもいいと思うのよ」

小雪が、おっとりと口を挟んだ。

「太夫。新造と禿がいなければ、宴に障りが出ましょう。初会のお方は、どうなさるおつもりです。太夫はお口をお利きになりません。それが、太夫が張られる宴の慣らい。馴染みのお方にはなおさら、これまでより寂しい宴をお見せするわけには、いきません。太夫の御心は有難いですけれど、お客さん方には、私達の内証は関わりなく、吉原一番のもてなしを受けていただかなければ。違いますか、太夫」

紅花は、小雪をまじまじと、見た。

ほろ苦く笑って、頷く。

「小雪に、教えられたわね。若竹さんの話は、忘れておくれ」

わっと、新造と禿が沸いた。

紅花は、新造と禿が揃って、これほど自分を慕ってくれているのが、嬉しかった。

何があっても、この娘達は自分が守らなければ。

そう、心に刻んだ時、閉めた襖の向こうから、彦太の声が掛かった。

『太夫。新さんが、お見えになりやしたが、お通ししてよろしゅうごぜぇやすか』

ぱっと、小雪の顔が輝いた。

新九郎は、女の心を慰め、引き上げるのが巧い。

女形の技か、生来のものか、おっとりと穏やかな物言い、振る舞い、ちょっとした軽口が、浮足立ち、波立った胸の裡を落ち着かせてくれるのだ。まるで、慕っている姉に悩みを聞いて貰っているような気になる。

話術や舞、ちょっとした手妻(てづま)などで、女達を笑わせ、明るくさせてくれる手練(てだ)れの幇間とは、また違った遣り様だ。

新九郎をよく知っている小雪としては、こんな時こそ、新九郎の顔を見たいと思うだろう。

だが、新九郎の素性——「飛ぶ鳥を落とす勢いの女形、「荻島清之助」——はなるべく秘さなければならない。

「今日のところは、ご遠慮いただいて頂戴。今は、新造も禿達も揃っているから、と」

すぐに、彦太の声が返ってきた。

『それでも構わないと、仰(おお)せで』

途端に、新造、禿の顔が輝いた。

小雪は、新九郎に会える、会ってこの辛さを聞いてもらえる、という嬉しさに。

他の娘は、話にしか聞いたことのなかった「新さん」に、ようやく会える期待に。

きっと、紅花や娘達を案じて、訪ねてくれたのだろう。「新さん」が「荻島清之助」とこの娘達に知れるかもしれないことを、承知で。

紅花は、微笑んだ。

こんなに優しくて、芝居小屋で生き抜いていけるのだろうか。きっと役者の悋気、役の取り合いなぞもあるだろう。人気がうなぎのぼりの新九郎はやっかまれることも、足を引っ張られることも多いだろう。

現に、新九郎の咎ではないことで責めを負わされ、役を降ろされたと聞いている。

ほんに、仕様のないお人だこと。

紅花は笑みを収め、小雪に目配せをした。

新九郎が、役者であること、今評判の女形であることを、他の娘達に知られないように、気を付けておくれ、と。

小雪はすぐに紅花の意図を察してくれたようだ。

紅花にだけ分かるほど小さく、こくりと頷いた。

「それじゃ、お通しして」

『畏まりやした』

女形――月桃の出どころ

新九郎が彦太の案内で紅花の部屋を訪うと、そこには、紅花の他に、三人の新造と二人の禿が身を寄せ合うようにして、こちらを見ていた。

新九郎は、その様を見て微笑んだ。

「おや、可愛らしい。冬場の猫みたいだね。集まって丸まって、さ」

軽口を利いた途端、小雪の目から、ほろりと大粒の涙がこぼれ落ちた。

泣いてしまった自分に、小雪自身が驚いたようだ。

袖口で涙を拭いながら、

「すみませ、なんで、涙なんか――」

と、途切れ途切れに詫びる。

新九郎は小雪の側へ行って、そっと頬の涙を拭ってやった。

「かまやしないよ。ここは宴でも格子の裡でもないんだ。女同士、寛いでるとこを邪魔しに来た野暮な男に遠慮することなんざ、ない」

新九郎は、彦太から、『お七様』を操り祟りを起こしているのは、紅花太夫だ」と噂になってしまっていると聞かされた。きっと、紅花も、紅花が世話をしている娘達も、肩身の狭い中、必死に気を張っているだろうと、急ぎ様子を見に来たのだ。

泣けるほど気が緩めば、少しは楽になるだろう。

小雪につられたのか、まず幼い禿二人が、泣き出した。

そして、残った新造二人のうち、気の優しそうな娘――綾糸だろう――が、顔を覆って泣き出した。

「ちょっと、みんな泣かないで頂戴ったら。仕様がないわね。ようやくお会いできたのよ、『新さん』に」

ひとり残った、気の強そうな新造――きっと、紫野だ――も、他の娘を窘めながら、目を真っ赤にしている。

すぐに、五人は皆で抱き合うようにして、泣き出した。

渦中の紅花も、泣きこそしないものの、いつになく心細げな目をして、新九郎に弱々しく笑いかけている。

こりゃ、思ったよりもこたえてるようだね。

新九郎は、立って行って、襖を少し開けた。その場に控えている彦太に金子を渡しながら頼む。

「太夫と娘さん達に、何か甘いもんでも頼むよ。『加賀屋(かがや)』がいいね」

揚屋町(あげやまち)にある、馴染みの料理屋の名を出すと、彦太は「へい」と応じ、すぐに立ち上がった。


彦太が戻って来る頃には、娘達も泣き止み、粗方落ち着いていた。

甘酒に歓声を上げ、綺麗な形の落雁を愉しみ、その後は、小雪と紫野が、代わる代わるこれまでの経緯を語ってくれた。

綾糸の笄の箱に、鼠の骸が入れられていたことに始まり、あっという間に「お七様の祟り」が紅花の仕業になってしまったところまで聞いて、新九郎は確かめた。

「『祟り』が太夫の仕業って噂になったのは、いつの頃からだい」

「綾糸さんの笄の頃かしら」

と、紫野が呟くと、小雪がすかさず異を唱えた。

「あの時は、太夫に向くはずの祟りを、綾糸さんが肩代わりさせられたんだって、話だったわ。太夫が『お七様』を操っているって話になったのは――」

小雪が少し考えてから、はっきりと頷いた。

「やっぱり、そう。足抜けしようとしたしづかさんが、『巴江屋』へ連れ戻された時からです」

折檻部屋へ籠められたしづかの声は、勝手、風呂場の辺りまで響いていたそうだ。

――足抜けなんか、するもんですか。あたしは太夫になるのよ。吉原の天辺に上り詰めて、お偉いお殿様に身請けしてもらうんだ。それで、思う存分贅沢な暮らしをする。そう決めてたのに、足抜けなんぞするわけないでしょう。ただ、あの娘が、「お七様」が恐ろしかっただけ。無我夢中で逃げ出して、気づいたら大門の前にいただけなのよ。あの「お七様」って化け物、きっと差し向けたのは紅花だわ。そうに決まってる。だって、あの女の香、月桃のいけ好かない香りがしたもの。善助さんだって、「お七様」が紅花の指図で祟ったのよ。そのせいで死んだんだわ。人殺し。みんな、騙されてるのよ。澄ました顔をして、あの紅花って女こそ、妖の首魁なんだ。

「その叫びを聞いたお人の口から、あっという間に見世に広まり、更に外まで――」

苦しそうに言った小雪の後を、紫野が腹立たしげに引き取った。

「元々、しづかさんは太夫を目の敵にしていた。そんな人の苦し紛れの言い逃れを、みんな鵜呑みにするなんて」

綾糸が、か細い声で呟いた。

「仕方ないわ。みんな、そういう話が好きだもの」

途端に、紫野が綾糸に嚙みついた。

「そういう話って、どういう話よ。仕方ないってなんなの。太夫が根も葉もない陰口をたたかれても、仕方ないっていうのっ」

「わたしは、そんなこと――」

「お止しなさい。新さんの前ですよ」

紅花が、やんわりと二人を窘めた。

不服そうに、紫野が言い返す。

「でも、太夫」

見かねて、新九郎は口を挟んだ。

「紫野は、太夫が心配なんだねぇ」

宥めるように言うと、再び紫野の瞳が潤んだ。

新九郎は続ける。

「綾糸は、太夫を助けようと必死で思案を巡らせている。だから、周りの人達の心のありようを、よく見ているんだよね」

綾糸は、涙を堪えるように唇を噛んで、遠慮するように首を横へ振った。

「済まないね。あたしが、太夫に『お七様の祟り』のことを調べると約束したのに、手間取っちまってて」

「そんな――」

「新さんのせいなんかじゃありません」

「私達がもっとしっかりしていれば、こんなことにはなっていないんです」

口々に訴える三人の新造が、健気で可愛い。

「太夫とあたしが、むしろこの娘達に励まされちまってるねぇ」

紅花が、ほんのりと笑った。

「ほんに。これでは逆さです。頼もしいですけれど」

新九郎は、おや、と内心首を傾げた。

紅花の笑みが、少し苦しそうに見えたのだ。

「何か、他に気がかりでも」

新九郎が訊くと、紅花はやんわりと首を振った。

「いえ、何も。この子達のためにも、私がしゃんとしなければ、いけんせん」

不意に廓言葉に変わった言葉尻に、新九郎は口を噤んだ。

これ以上、「他の気がかり」のことは訊いてくれるな。

そう言われたように感じた。

新九郎は、紅花の頑なさに気づかないふりをしながら、ふむ、と唸った。

「しづかが言ってた月桃の香りの話は、気になるとこだね」

呟いたところへ、襖の向こうから、彦太の声が聞こえた。

『太夫。女将さんがお見えでごぜぇやす』

太夫の返事の前に、『失礼しますよ、太夫』と声が掛かり、襖が引き開けられた。

居住まいを正し、おっとりと笑んだ女将のりきは、新九郎に向かって頭を下げた。

「新さんがお見えと伺いましたのでね。ちょいとご挨拶を、と思いまして」

りきの様子を見て、新九郎はおや、と思った。

一見、普段と変わらず、ほんわかとしてはいるが、何やら慌てているというか、心ここにあらず、
というような。

微かな焦りは、すぐに消えて、分からなくなってしまったけれど。

紅花が、新九郎に目顔で訊ねてから、

「お入りください」

と、りきを促した。

りきは、襖のすぐ手前に落ち着き、言った。

「いつも『巴江屋』の太夫をご贔屓にしていただき、御礼申し上げます」

「こっちこそ、太夫には色々助けて貰っているよ」

と応じた。

「それは、何よりでございます。太夫、ご機嫌はいかがです」

「あい。お蔭さんで」

「周りの口さがない噂を気に病むことはありませんよ。お前様は、吉原の宝、紅花太夫なんですからね」

困ったように微笑むのみの紅花を見て、りきは苦い溜息を吐いた。

「くだらないことを言いふらす遊女達を、私も亭主も、咎めているんですけれどね。なかなか収まらない」

紅花が、何か言いたげな顔でりきを見遣った。これもまた、一瞬のことで、すぐに綺麗に隠されてしまった。まったく遊女も置屋の女将も、顔色が読みづらい。

りきが、何かに追い立てられるように続ける。

「けどねぇ、派手に騒いだしづかが、あんなことになっちまったもんだから、無理もないっていやあ、無理もない。いえ、太夫には本当に申し訳ないと思ってるんですよ」

「女将さん」

紅花が、やんわりとりきを止めた。

新九郎を置き去りにして話をするな、というところだろう。

新九郎は、紅花を宥めた。

「太夫、あたしは構わないよ。女将が太夫を案じるのは、無理のないことだ」

りきが、ようやく、今気づいた、という顔で新九郎へ目を向けた。

りきは置屋の女将だ。紅花に止められずとも、客のあしらいは身についている。

それを忘れるほど、ゆとりがないのか。あるいは、紅花にかこつけて、新九郎の耳に今の話を入れたかったのか。

りきが、丁寧に頭を下げる。

「これは、ご無礼申し上げました。新さんは、お七と名乗る禿を探して下さっているのだと、伺いましたけれど」

新九郎は、静かに言い直した。

「『お七様の祟り』の出どころを、調べているだけだよ。初めは、半分道楽のつもりだったんだけれどね。太夫の今の身の上を考えると、そうも言っていられない」

「何ぞ、分かりましたか。その、『お七様』がど<ruby>こ<rt>ヽ</rt></ruby><ruby>に<rt>ヽ</rt></ruby><ruby>い<rt>ヽ</rt></ruby><ruby>る<rt>ヽ</rt></ruby><ruby>の<rt>ヽ</rt></ruby><ruby>か<rt>ヽ</rt></ruby>、ですとか、太夫のよくない噂とどう関わりがあるのか、ですとか」

新九郎は訊き返した。

「よくない噂ってのは、死んだ格子、しづかが、派手に騒いだ話かい。『お七様』を見た時、月桃が香ったとか何とか」

りきが答える前に、紫野が断じる。

「そんなの、しづかさんの出鱈目（でたらめ）に決まってますっ」

小雪が、紫野の袖を小さく引き、咎めている。

穏やかに、新九郎は異を唱えた。

「そうとも、限らない」

居合わせた皆の視線が、新九郎へ集まった。

新九郎は続けた。

「どんな考えなし、駆け出しの遊女でも、堂々と四郎兵衛会所の前を過ぎ、大門を潜って足抜けをしようとは思わない。多分、しづかは本当に何かに怯えていたんだろうね。会所も大門も分からなくなるほど怯えていた。加えて、足抜けを疑われ自分の行く末が危うい。そんな時、悠長に太夫を陥れる嘘を吐くほど、心にゆとりがあるだろうか」

りきの左の頰が、硬く強張った。

「つまり新さんは、しづかは足抜けを企んだのではない、と」

「しづかの言い分は、筋が通っていると思うけれどね」

ふ、と、ひそやかな溜息がりきの口から零れた。

「正直、私も亭主も、そうは考えたんでございますよ。あのしづかが何の思案もなく、ただ大門を駆け抜けようなぞと、頭の悪い足抜けを企むだろうか、と。ただ、大門を潜ろうとしたのは、皆が見ております。そうなりゃ、立派な足抜けとして咎めるほかない。他の置屋、他の遊女の手前、しづかの言い分を信じるわけにはいかなかった」

「そこは、分かっているよ。女将」

新九郎が応じる。

座が静まり返ったところで、新九郎は太夫に目を向けた。

「太夫の月桃は、置屋の『長崎屋』に都合をつけて貰ってるんだってね。それをそのまま使っているのかい。あたしは、月桃よりも白檀が勝っているように、感じるんだけれど」

紅花は、小さく頷いた。

「私が、白檀と合わせています」

「それは、必ず太夫自身がしておいでかい」

「はい。気に入った塩梅を探すまで苦労をしましたし、白檀も月桃も、その時によって香りが違いますので」

「そうだろうね」

あの、と紅花が、新九郎に声を掛けた。

「月桃が、何か」

新九郎は、軽く首を振った。

「いや、何でもない。ああ、勘違いしないでおくれね。もし本当にしづかが月桃の香りを嗅いだのなら、一体それは誰の仕業かな、と思ったんだ。月桃を他で手に入れるとしたら、どこだろう」

太夫が首を傾げる。

「さあ。彦さんに探してもらいましたけれど見つからず、私は無理を言って『長崎屋』さんにお願いしていますので」

「『長崎屋』に話を聞きたい。口を利いて貰えるかな」

紅花が、りきを見た。女将が頷くのを見て、請け合う。

「すぐに文(ふみ)を書きます。彦さんをお連れください」

「いや、太夫の文があれば、大丈夫。彦さんは、太夫の側にいて貰った方がいいよ」

安心させるように告げ、新九郎は太夫が認(したた)めるのを待った。程なく渡された文を懐に、立ち上がる。続けて、りきも腰を上げる。

「お見送りいたしましょ。太夫は、そろそろお支度を。今宵もお呼びがかかっておりますよ」

紅花は、ほんの刹那、苦しそうな顔をして新九郎を見たが、すぐにいつもの太夫の顔になって、「あい」と頷いた。

二階の太夫の部屋を後にし、階段を下りながら、りきが新九郎に小声で話しかけてきた。

「新さんは、本当に月桃が香ったと、お思いですか」

「さあ、どうだろう」

軽く受け流しかけ、新九郎は思い直した。

「しづかはもうあの世だから、確かめようがないけれど。実はあたしも月桃の香りを、嗅いだものでね」

「え――」

りきが、小さく息を呑んだ。ぎこちない声で訊ねる。

「それは、いつのことです」

新九郎は、少し考えて答えた。

「手前ぇの庵の前で大怪我しそうになった時に、香ってね。危ないところで、通りがかった彦太が助けてくれたけれど」

りきは「まあ、彦太が」と呟き、しばらく黙ってから、

「ご無事で、ようございました」

と応じた。

それから、『お七様』の仕業、なんでしょうか」と、呟く。

「さあ、どうだろう」

新九郎は、先刻と同じ受け答えをした。

真摯な目で、りきが訴える。

「できる限り、私と亭主が庇っておりますが、太夫が案じられます。どうか、一刻も早く、『お七様の祟り』のからくりを、解いてくださいまし」

からくり、ね。

新九郎は心中呟いてから、りきに訊ねた。

「女将は、本当の祟りだとは思わないのかい」

にっこりと、置屋の女将は笑った。

「祟りなんぞが、この世に本当にあるとしたら、私と亭主は、あの世の遊女達に、とっくに祟り殺

されておりますよ」

吉原の楼主は、「八つの徳」を忘れた者、と言われている。

それだけ人の情けとは無縁の生業なのだ。

吉原の女達は、晴れて自分の足で大門の外へ出る前に、身体を壊し、命を落とす者が多い。その骸は葬られることなく、吉原ゆかりの寺へ投げ入れられる。それは吉原の決まり事だが、死んだ遊女の身内や、親しくしていた遊女仲間から真っ先に恨まれるのは、楼主とその女房だろう。

新九郎は、笑み返すことで、りきに答えた。

「何か分かったら、知らせに来るよ」

「長崎屋」は、店の作りやしつらえに、ほんのりと異国の色合いが滲む置屋だった。

華美とは無縁だが、欄間の細工や客に出す茶、器、さりげないところに目の玉が飛び出るような金子をかけているようだ。

見世は「巴江屋」よりもこぢんまりしているが、遊女や若い衆のしつけはしっかりしているようで、噂話やいがみ合いの気配もない。

「巴江屋」は、上手く取り繕っているつもりらしいが、そういうぎすぎすした気配は、目配りひとつ、言葉の選びようひとつで、知れてしまうものなのだ。

彦太が知らせに走ってくれたのか、「長崎屋」の女将が、心得顔で新九郎を迎えてくれた。

「月桃の香のことで、お訊ねだそうで」

新九郎の素性も訊かず、女将が切り出した。

「ああ。ちょいと気になることがあってね。月桃は、太夫のためだけに」

「左様でございます。並の遊女が使うには、少しばかり難しい香でございますし。太夫も白檀と合わせておいでと、伺いました」

「うん。いつも太夫からはいい香りがするよ。月桃を取りに来るのは、彦太かい」

「はい。月に一度お渡ししております」

月桃の使いをしていたとなれば、その残り香が彦太から匂う、ということも、あるかもしれない。

ちらりと考えながら、更に問いを重ねる。

「必ず、いつも彦太が。代わりの使いが来たことは」

いいえ、と答えてから、女将が思い立った顔をした。

「そういえば。いいえ、先だっても確かにいらしたのは彦太さんだったのでございますが、わざわざ『急ぎの用だ』と、『巴江屋』さんの若い衆が、彦太さんを追いかけてらして。その若い衆が、太夫も香をお急ぎだろうからと、手前共の見世の前で、彦太さんから月桃を受け取っておいででした」

ふうん。なるほど。

新九郎は小さく頷いた。女将が、そっと新九郎の顔色を窺っている。

その目に、小さな引っかかりを覚えた。

何か、迷っているような。新九郎の他に、気になることがあるのかもしれない。

例えば、心惹かれるものがあって、気も漫ろといったところ。

いや、それも違う。巧く言葉にできない、何か。

「あたしの他に、客人でもおありかい」

女将が戸惑ったように笑った。頬の辺りが、少しぎこちない。

「いえ。なぜでございます」

新九郎は、もう少し突っ込んで訊いてみようと口を開きかけ、思い直した。

女将に非礼があったわけではない。他の置屋の客に、十分すぎるほど丁寧で誠を感じる人当たりだ。ほんの微かな引っかかりを、新九郎が勝手に感じているだけ。

「いや。何でもない。いきなり、妙なことを訊いて悪かったね。月桃の話は、助かったよ」

女将の笑みが、安堵したように柔らかくなった。

「いえ」

「ところで、紅花太夫と『長崎屋』さんの付き合いは、長いのかい」

いきなり訊ねられ、女将は目を丸くした。やはり狼狽える様子はない。

新九郎は、言葉を添えた。

「いくら太夫とはいえ、他の置屋に香を都合させるなんぞ、随分我儘が利くもんだと、思ってね」

女将は、温かな笑みを深くして答えた。新九郎が感じた「小さな引っかかり」は、すっかり影を潜めている。

「太夫には、手前共の娘が世話になりましたもので」

「長崎屋」の娘は、幼い時から、薩摩へ嫁に行くことが決まっていたのだそうだ。親元を離れ、ひとり遠くへ嫁がなければならない娘へ、紅花が薩摩のあれこれを、開運稲荷で行き会った折に、細やかに語って聞かせてくれたのだという。

以来、娘は紅花を大層慕っていたそうで、嫁ぐ時には二人とも涙で別れを惜しんだそうだ。

女将は、言い添えた。

「ですから、娘も太夫のために、大層喜んで月桃を都合しておりますようで」

「太夫らしいね」

新九郎の静かな言葉に、女将もしんみりと頷いた。


榑正町(くれまさちょう)の庵へ戻ると、読売屋の庄次が、縁側で楽しそうにふきと話し込んでいた。二人で茶を呑みながら、ふき自慢の漬物をつまんでいる。

二人から少し離れた木の幹では、蟬(せみ)がのんびりと鳴いていて、蜻蛉(とんぼ)が銀色の羽を煌(きら)めかせながら、すい、すい、と二人の目の前を飛んでいる。

ばば様と孫の、夏ののどかなひと時、と言ったところか。

元々、この庵には滅多に客を呼ばないけれど、ふきが縁側で客と茶を呑むなんぞ、珍しい。よほど、この読売屋が気に入ったらしい。

縁側は、あたしの転寝の場所なんだけれどね。

「よう、お帰り。旦那」

ふきより早く新九郎に気づき、庄次がにかっと笑った。

「おやまあ、気づきませんで、申し訳ありません」

ふきは悪びれない調子で詫び、続けた。

「旦那様も、お茶、いかがです」

「それじゃ、お邪魔させて貰おうかね」

ちょっとした皮肉を込めて、縁側に腰を下ろすと、庄次が笑った。

「やだなあ、旦那。まるで、他人様の家へ来たみてぇだ」

「そういう庄次は、自分の家にいるようだね」

「居心地がよくてねぇ、旦那の庵は。ふきさんの漬物も旨い」

調子のよい男の調子のよい世辞を、ふきは真に受けたようだ。

「あら、まあ。今度は日暮れ時においでくださいまし。夕餉を召し上がっていってくださいな」

おいおい、ここの主はいったい誰だい。

そう文句を言いたいところだが、世話焼きのところが、なんだかとうに亡くした母と重なるような気がして、新九郎はふきに頭が上がらない。

芝居の興行で長く留守にした後でも、興行の最中、ふらりと立ち寄っても、庵をいつでも居心地よく整えてくれているのも、有難い。

そんなこんなで、ふきがここの主のようなものだから、仕方がない。

新九郎は、早速ふきが淹れてくれた熱い番茶を啜り、漬物をつまんだ。

「巴江屋」での遣り取りで思ったより疲れたのか、茶の香ばしい香りと、漬物の濃いめの塩気が、身体の隅まで染み渡るような心地にほっとする。

「それで、月桃のことは分かったのかい」

庄次が、ちらりとふきの方を見る。聞かせていいのか、と言いたいらしい。

新九郎は笑って告げた。

「ふきさんに隠し事をすると、夕餉の菜がひとつ減るからね」

途端に、ふきが皺くちゃの顔を、くしゃりと歪めた。

「まあまあ、人聞きの悪いことを言わないでくださいまし。お菜を減らしたことなんか、一度だってありゃしませんよ」

「でも、減らすって脅かすじゃあないか」

「そりゃ、たったひとつの、このばばの切り札でございますから」

「切り札なら、山ほど持ってるくせに」

庄次は、可笑しそうに新九郎とふきを眺めていたが、ぽい、と漬物を口の中に放り込み、ぱり、ぽり、といい音をさせながら告げた。

「駒込どころか江戸に、月桃を扱ってる店なんざ、ありゃしませんや。小間物屋、香屋、呉服屋まで当たりやしたけどね」

新九郎は唸った。

「こっちも、紅花太夫が都合をつけて貰ってる『長崎屋』ってぇ置屋へ寄ってきたんだが、太夫にしか分けてないってんだよ」

もっとも、女将の立て板に水の物言いが、ほんの少し気にはなったけれど。

男二人が、ううむ、と唸っていると、ふうん、とふきが鼻を鳴らした。思わせ振りな笑みを浮かべている。

「月桃を手に入れたいんなら、不忍池(しのばずのいけ)西にある宗源寺(そうげんじ)の和尚を訪ねてご覧になったらいかがです」

新九郎は、目を丸くした後で軽く笑った。

「あの可笑しな坊様かい。ふきさんに頭が上がらない」

ふきはにっこり笑って、「はい、あの坊主でございますよ」と得意げに応じた。

庄次が、新九郎とふきを見比べながら訊く。

「あの坊主って、どんな坊主なんです」

思い出し笑いが、新九郎の口許を緩ませた。

「あたしが、大きな役を貰った時、ふきさんに『観(み)に来い』と脅されてね。坊主が芝居なんぞ観に行けるかと文句を言っていたんだけれど、茶の湯か俳諧の宗匠を真似たつもりだったのか、可笑しな茶人帽(ちゃじんぼう)を被って、坊様仲間を誘って通い詰めてくれたんだ。可笑しな茶人帽の一団は、なかなか目立っていたっけ」

「へぇ、そいつは律義だねぇ」

「ふきさんが怖かっただけだよ」

「いいえ。旦那様の御芝居に夢中になったんでございますよ。あの生臭坊主」

ふきの言い振りは、容赦がない。

新九郎は話を戻した。

「あの坊様が、香道楽とはね。人は見かけによらないもんだ」

ふきがくすくすと、若い娘のように笑った。

「珍しい香を手に入れちゃあ、嬉しそうに鼻の穴をふくらましてますよ。このばばの名を出して香道楽をちょいと突けば、何でも教えてくれます。ああ、何でしたら、文でも出しておきましょうか」

新九郎は、庄次と顔を見合わせてから、まじまじとふきの皺くちゃ顔を眺めた。

ふきは、見た目とは裏腹の若々しい声で、ころころと笑った。

「いやですねぇ、そんなに見惚れないでくださいな」

いや、その、と言いかけて新九郎は口を噤んだ。

そうじゃない、とは言わない方がいいだろう。

「ええと、何から訊こうかな」

戸惑った新九郎を、ふきがしれっと促した。

「いっぺんに訊いていただいて、かまいませんよ。まだまだ耄碌するには早うございますからねぇ」

庄次は、まだまじまじとふきを眺めている。

新九郎は、苦労をして笑みをつくった。

「ああ、そう。それじゃあ――。ふきさんは、月桃という香を知っているのかい。それから、あの時から妙だとは思ってたんだけど、あの坊様、宗源寺の和尚は、どうしてふきさんに頭が上がらないんだい」

ふきは、鷹揚(おうよう)な仕草で頷き、新九郎の問いにすらすらと答えた。

「月桃、存じておりますとも。琉球や薩摩、暑いお国のお人が好む、涼しげな香ですねぇ。あたしゃ、もっと甘い香りのが好みですけどね。ああ、旦那様には訊かれませんでしたけれど、ついでにお話ししときましょうか。ふきは大昔、大奥にいたんでございますよ。公方(くぼう)様の御正室様は御公家の出でおいでです。香くらい嗜(たしな)んでおかないと、お相手できませんからねぇ。それから、と。宗源寺の和尚でしたっけね。ありゃ、あたしが香の手ほどきをしてやったんです。まあ、弟子みたいなもんですよ」

新九郎は、唸った。

大奥にいたというのが本当なら、ふきの歳からして、先代家綱(いえつな)公か、先々代家光(いえみつ)公の世。「御正室様のお相手」をしていたというなら、なまじの奥女中(おくじょちゅう)ではないぞ。

新九郎は、力なくぼやいた。

「長い付き合いなのに、ちっとも知らなかった」

ふきはまた、若い娘のような朗らかな笑い声を上げた。

「ほんに、昔の話でございますから。旦那様とこの庵の御世話をするのに、大奥のことなんぞ、要りませんしねぇ」

「うん。そう。そう、だね」

ああ、とふきが手を打った。

「旦那様のお芝居にゃあ、役に立つこともあるかもしれませんねぇ。御殿の御女中の役を頂戴したら、おっしゃってくださいまし。御指南申し上げます」

「う、うん。その時は、頼むよ」

ようやく驚きから立ち直ったらしい庄次が、おかしそうに囁いた。

「旦那、旦那。腰が引けてやすぜ」

「うるさいよ、読売屋」

顰め面で文句を言うと、庄次はにやにやと笑ってから、ふきに向かった。

「しかし、ふきさんも人が悪ぃや。月桃を知ってるんならもっと早くに教えてくれりゃあ、いいのに」

ふきは、当たり前のことのように言い返した。

「そりゃ、あっさり教えたんじゃあ、お前さんのためにならんでしょうに。誰かに教わる前に、自分でできる限りのことは、してみないと」

庄次は、おどけた仕草で首を竦めた。

「そりゃ、ごもっともで」

それから、こそっと、新九郎に囁く。

「宗源寺の和尚も、こうやってしごかれたんでしょうね。そりゃ、頭が上がらねぇはずだ」

新九郎は笑いを堪えて、頷いた。

澄ました口調で、ふきが釘を刺す。

「聞こえてますよ、庄次さん」

庄次は、うほん、と、ぎこちない空咳(からせき)で誤魔化し、告げた。

「それじゃ、宗源寺の和尚さんにはすぐに当たってみやしょう」

「宗源寺へは、あたしが行こうか」

新九郎の申し出に、庄次は明るく笑って首を振った。

「ここは、あっしに。ふきさんに頭が上がらねぇ和尚さんを、拝んでみてぇ」

「おやそうかい。じゃあ、頼もうか」

新九郎は、あっさり引き下がった。庄次は更に明るい調子で続けた。

「そうそう。死んだ会所の男の評判も、少しばっかり聞き込んできやしたぜ」

「ほう。さすが読売屋、やることが早いねぇ。大門、潜ったのかい」

庄次が、とんでもねぇ、と首を振る。

ふきがすかさず、口を挟んできた。

「大の男が、吉原通いのひとつもしてないようじゃあ、女が寄ってきませんよ」

読売屋は、眦と肩を、しょぼんと落とした。

「そんなこと言う女子(おなご)は、ふきさんくらいですぜ」

「あらやだ、女子だって。ねぇ、旦那様」

ふきは、嬉しそうだ。

新九郎は、できる限り丁寧にふきへ笑いかけてから、話を元に戻した。

「で、善助のことだけど」

「ああ、へぇ。善助の奴は、ちょいと毛色の変わった奴だったみてぇでね」

「まあ、大門裡で起きたことを売って稼いでたってんだから、変わってるのは確かだろう」

新九郎が応じると、庄次は、ほんのりと皮肉を混ぜた音色で笑った。

「とんだ下衆(げす)野郎ってぇことでさぁね」

すぐに、元の軽い調子に戻って、続ける。

「その稼ぎ方からも分かる通り、善助の目は、吉原よりも外へ向いてた。黙ってられねぇ性質だったってのは、先だってお伝えしやしたっけね」

自分が、吉原の四郎兵衛会所の男衆であること、人気の格子に惚れられていること、太夫とも入魂(じっこん)であることを、自慢して回っていたのだそうだ。

格子――しづかのことだろう――は、同じ置屋の太夫と懇意になる足がかりにしているだけだ、とも言っていたらしい。

その企みは、まんまとうまくいった、と。

「随分と、派手な風呂敷を広げたもんだ」

今度は新九郎の物言いが、ひとりでに皮肉混じりになった。

「聞かされた奴らも、与太だと思ってたようでしてね。その辺のごろつきと変わらねぇ男が、天下の太夫と入魂になんぞ、なれるはずがねぇ、と。表向きは話を合わせ、感心した振りをしてたんだそうです。相手は性悪男で人を脅すのはお手のものと来てる。誰でも仕返しは怖(こえ)ぇ」

ふう、と新九郎は呆れ交じりの溜息を吐いた。

「随分と、嫌われてたもんだ」

新九郎は、腕を組み、瞼を軽く伏せた。

遊女の足抜けを見張るのが一番の役目といっても、会所の男達もまた、吉原で生きる者だ。皆、吉原の方を向いて暮らしている。自分が四郎兵衛会所の男衆であることを、外で言いふらしたり、ましてや遊女と懇(ねんご)ろになったことを自慢する奴なぞ、まずいない。

非道なのは脇に除(よ)けても、確かに相当変わった奴だったようだ。

そしてしづかは恐らく、変わり者の悪党、善助に心底惚れていた。

周りが見えなくなるほど色恋に溺れていたからこそ、道中に出ようとしていた「恋敵」、紅花の邪魔が平気でできた。

いずれ紅花を蹴落とし、吉原の天辺に上り詰め、どこぞのお偉方に身請けされる。

ずっと支えにしてきた野心さえ疎(おろそ)かになってしまうほど、夢中な恋。

だが相手の男は、女のことを踏み台くらいにしか、思っていなかった。

「哀れだねぇ」

「何ですって」

つい、言葉にしてしまった思いを、庄次が聞き咎めた。

「ああ、何でもないよ」

庄次はちらりと新九郎を見遣ってから、あっさりと話を変えた。

「もうちっと、善助の周りを探ってみやしょうか。叩きゃあ埃は舞い放題だ。舞った埃の中から、奴を恨んでる奴の影が浮かび上がるかもしれねぇ」

新九郎は庄次をじっと見つめた。

「何です」

また、庄次が訊ねた。

「いや、やけに乗り気だと思ってね」

新九郎の言葉に、庄次はからりと笑って応じた。

「読売屋なんて、みんなそんなもんでごぜぇやしょう」

新九郎は、ひたと庄次を見つめて告げた。

「今更かもしれないけれど、あまり深入りはしない方がいい」

「今更、でごぜぇやすよ」

庄次の応えは、静かだった。

そうかい、と新九郎も静かに受けた。

庄次は、にこりと笑ってから、ふきに向き直った。

「ふきさん、文ならあっしが直に持ってって、手渡しやしょうか。その方が話が早ぇ」

ふきが答える前に、新九郎がからかい交じりで口を挟んだ。

「読売屋、そいつは野暮ってもんだよ」

庄次が首を傾げて新九郎へ視線を移す。

「生臭坊主が恋文へ目を通すとこを、眺めるつもりかい」

ふきが、からからと笑った。

「恋文とは思わないでしょうけど、和尚だなんだと偉そうにふんぞり返ってるはずですから、あたしの文であたふたする姿は、見られたくはないでしょうねぇ。明日の午前には、和尚に届くようにしておきますよ。色男の読売屋さんが香のことを訊ねにいくので、よしなに、とね」

庄次が、くすりと笑った。

「坊様があたふたするとこ、正直拝みてぇ気もするが、よござんす。明日の午過ぎに訪ねることにいたしやしょう」


次の朝。

「おや、旦那様、お珍しい。朝からお出かけですか」

ふきが、朝餉の後、すぐに外出の身支度を始めた新九郎を見て、声を掛けてきた。

「うん、ちょいとぶらぶらしてくるよ」

「そうしていただけると、掃除がしやすくて助かります」

すぐに返された遠慮会釈のない言葉に苦笑しながら、新九郎は「土産に饅頭でも買って来るよ」

と言い置き、庵を後にした。

宗源寺は、武家屋敷と他の寺に囲まれ、しんとしていた。不忍池を訪れる物見遊山の喧騒（けんそう）は遠い。日ごと賑やかになっていく蟬時雨（しぐれ）さえ、気のせいか静寂（しずか）に響いているように聞こえる。

香が趣味だという洒落者の貫福（かんぷく）が和尚を務める寺だけあって、線香の匂いも、雅やかだ。境内の木々の間をすり抜けて、部屋の中へ届く風は涼しく、ここしばらく、ささくれがちだった心に、清々しさがじんわりと沁み入る。

「お前さんが、読売屋の庄次さんかね。文は、ふき殿から届いておるよ」

貫福和尚のしゃがれ声に、庄次が愛想よく応じた。

「へい、あっしが庄次でごぜぇやす。お手間をおかけして済いやせん」

「何の。ふき殿の口利きとあらば、手間などと言ってはおられぬよ」

「ふき殿、ですか」

面白そうに訊き返した庄次に、貫福和尚が束の間黙った。形ばかり声を潜めて和尚が答える。

「拙僧の師匠は、恐ろしいのでな」

くく、と庄次が喉で笑った。

「たしかに、ふきさんは怒るとおっかなそうでごぜぇやすね。旦那も、菜を一品減らされやしねぇかと、びくびくしてやしたぜ」

「旦那とは、新九郎のことか」

「おや、世間を賑わす市村座の人気女形、荻島清之助のことは、ふきさんと違って随分と砕けた呼びようをなさるんで」

「ありゃ、拙僧の師匠ではない」

「確かにね。あはは、旦那も形無しだ」

うほん、と、貫福和尚が小さな咳払いをひとつ、した。

「それで、ふき殿の文によると、月桃の香について話が聞きたいとか」

「へぇ」

「月桃とは、琉球や薩摩、南国で好まれる香での――」

「ちょっと待った」

嬉しそうに月桃の講釈を始めた和尚を、庄次は早々に遮った。

「申し訳ねぇが和尚様、講釈じゃなく、出どころを知りてぇんで」

「出どころ、とは」

残念そうに貫福和尚が訊き返す。庄次が答えた。

「吉原の紅花太夫が、月桃の香をお好みでごぜぇやしてね。なかなか手に入らず、置屋の『長崎屋』さんに頼んで、薩摩から取り寄せて貰ってるそうで」

「ふむ」

「で、その他に、江戸で扱ってる店はねぇもんかと」

「読売屋が、香を嗜むのか。それなら月桃ではなく、もそっと違うものから始めた方がよいぞ。何なら拙僧が手ほどきして――」

庄次が、再び香好きの和尚の言を遮った。

「せっかくですけどね、手ほどきはご遠慮しておきやす」

和尚は、更に気落ちした声で、ぽつりと呟いた。

「そうか」

気まずい静けさが流れる。

「で、何を聞きたい」

むっつりと切り出したのは、和尚だ。

振り出しからなかなか前へ進まぬ話に、庄次が小さな溜息を吐く。

「ですからね――」

「『長崎屋』の他に、月桃の香を扱っておる店を知りたい。それは聞いておった。知ってどうする。お主は月桃が欲しいわけではないのだろう」

ほんの少し、和尚の声が鋭くなった。

小さな間を置いて、庄次が軽やかに答える。

「ふきさんの、文にゃあ書いてありやせんでしたかい」

「師匠からは、新九郎の用で読売屋が月桃の話を聞きに来る、とあったが」

「和尚様こそ、何がお知りになりてぇんで。あっしが新九郎の旦那の使いで話を聞きに来たっててのは、ふきさんの文でとうに御承知だ。なのにさっきから問われてるなあ、あっしばっかりだ」

和尚は少し黙ってから、静かに問い返した。

「お主自身もまた、何やら探し求めておるように見えたのでな」

「あっしは、読売屋でごぜぇやすよ。いつだって売れる読売になるような面白れぇ種ならいつだって、探し求めてまさ」

間を空けずに答えた庄次の声は、妙に明るく、薄っぺらかった。

和尚が、繰り返した。

「一体、何を探しておる」

「月桃を扱ってる店でごぜぇやすよ。それから、読売になりそうな面白ぇ種」

「ほう。探しいい人か」

「ったく、話が通じねぇ坊主だぜ」

「何ぞ言ったか」

「いいえ、何でも。ええ、この際、探し人ってことでも構いやせん。月桃を売ってくれるお人でも、面白ぇ奴でも。ご存じでしたら、教えてくだせぇ。手ぶらで旦那のとこにゃあ、帰れねぇもんで。旦那よりふきさんがおっかねぇ」

大威張りで、和尚が応じた。

「拙僧も、ふき殿は恐ろしい。読売屋は、月桃を嗅いだことがあるか」

ふいに話を戻した和尚の問いに、庄次は「やれやれ、ようやく教えて貰えるってか」とぼやいてから、答えた。

「いえ。どんな匂いなんです」

「一言で言ってしまえば、異国の香よ。南国の大名の女達ならば、あるいは使っておるかもしれんが、江戸の町場の者は、まず使うまい。青い草の匂いとも、薄荷の匂いとも、たとえられよう」

「へぇ。冬場は寒々しそうでごぜぇやすね」

「好悪が分かれる香だ。吉原の太夫が使うのであれば、白檀などと合わせて使っておるのだろう」

「へぇ。やっぱり月桃ってのも、木の切れっ端かなんかでごぜぇやすか」

「いや、月桃は香木ではない。太夫が使っておるのは、恐らく香油か、練香ではないかな。いずれにしても月桃から香を取るには葉が山ほど要る。値も張るだろう」

「へぇ」

庄次は、取り立てて心を動かされた風でもなく、相槌を打ち、続けた。

「それで、どっかに売ってやすかねぇ」

「読売屋。お主、拙僧の話を聞いておったか」

「あっしが居眠りしてたんじゃなきゃあ、月桃ってぇ香の大層な講釈が大概で、そいつはどこで買えるのか、おっしゃらなかったんじゃやねぇかと、思うんですがねぇ」

庄次の口調に、珍しく微かな苛立ちが混じって、すぐに消えた。

和尚はまるで気にした風もなく、諭すように告げた。

「江戸の町場の者は、まず使わぬと申したぞ」

「ああ、それは伺いやしたね」

「町場の者が使わねば、売れぬ。値が張るばかりで売れぬ物を、どこの香屋、小間物屋が扱う。お大名からの求めで仕入れる大店も、中にはあろうが、そういった代物は、町場には出てこぬ」

小さな間を置いて、庄次がもそもそと呟いた。

「ごもっともですがね。だったら、最初(はな)から、『売れねぇ香だから、どこの店も置いてねぇ』ってぇ言ってくれりゃあ、それで済んだんだけどよ」

再び庄次が苛立った。

和尚に腹の裡を見透かされているのを、肌で感じ取っているからかもしれない。

和尚が、張り詰めた気配を緩めるように、少しおどけた調子で呟いた。

「だいたい、少し頭を使えば分かるだろうに。吉原で太夫を張る者が、他の置屋に無理を言って手に入れているのだぞ。それは他から買えぬからだろうが」

「あっしも、そうは思ったんですけどねぇ。旦那が和尚様に確かめてこいってぇ、言うもんだから」

「新九郎も、面倒な男よの」

「まったくで」

庄次は、くすりと笑って告げた。

「助かりやした、和尚様」

「失せもの探しに困ったら、またいつでも来るがいい」

和尚の言葉に、庄次が答えることはなかった。


庄次の気配が去って間もなく。

隣の部屋を隔てていた襖が、音もなく開いた。

「新九郎、あれでよかったのか」

「ええ、和尚。助かりましたよ」

男姿の新九郎は、にっこり笑って、和尚の差し向かいに腰を下ろした。

和尚が、がっかりした顔でぼやく。

「女子の姿とは言わぬが、せめて野郎帽子でも被って見せてくれればいいものを」

新九郎は、やれやれ、と内心でぼやきながら、和尚に向け、「荻島清之助」の顔で艶やかに笑って見せた。

和尚が、嬉しそうに顔を綻(ほころ)ばせる。

「おお、それ、それ。それよ。そうこなくては。眼福、眼福」

「生臭坊主だねぇ、和尚も」

新九郎は軽く往なしてから、笑みを収めて和尚に確かめた。

「で。どう視(み)ます」

和尚も、ふざけた様子を仕舞い、応じた。

「あの読売屋か。新九郎の使い走りをして喜ぶような男には見えなんだな」

「それで」

和尚の目が鋭くなった。

「新九郎。お主、読売屋の何を知りたい」

新九郎は、皮肉を込めて笑った。

「読売屋にも同じようなことを訊いてたねぇ、和尚」

「お主もあ奴も、妙に勿体ぶりおって、どうにも尻の辺りがむず痒くなる」

「生臭坊主の尻の話なんざ、御免だね」と顔を顰めてから、新九郎は和尚に応じた。

「あたしは、和尚に隠し事なんざしてないよ。その眼力で、あいつの正体を見極めて欲しかっただけさ」

新九郎が、ここ宗源寺、貫福和尚の元へ庄次を差し向けた本当の理由は、月桃ではない。庄次を和尚に視て欲しかったのだ。

貫福和尚の人を視る目を、新九郎は信用している。時折、自分も胃の腑の裏側まで見透かされているのではないか、と、冷や汗が出るほどだ。

貫福和尚ならば、新九郎が庄次に初めて会った時に感じた「翳」を、はっきりと捉えるだろう。そして、その「翳」を生み出しているものの正体も。

恨みなのか。哀しみなのか。怒りなのか。それとも、欲か。

それが分かれば、庄次がなぜ、「お七様」を探っている新九郎に近づいて来たのかが見えてくる。

善助と、しづかの死に関わっているのか、否かも。

ところが、和尚は思いもよらないことを口にした。

「あの読売屋。憑かれておるぞ」

新九郎は、三度、目を瞬いた。

「そりゃ、恨みや辛みの念に囚われてる、っててぇたとえ話かい」

「いいや。言葉のままの意味よ。あの男の『翳』の正体は、そこだ」

「憑かれてるって、何に。狐かい。お化けかい」

「さて。あの世の者か、この世におる者かは分からぬ」

「頼りないねぇ」

新九郎がからかうと、和尚は気を悪くした風でもなく、あっさりと言い返した。

「拙僧は、拝み屋ではないからな」

少し顔つきを曇らせて、話を庄次へ移す。

「ただ、あの男。自ら望んで、憑かれておるようだ。憑いておる相手が、己の全てになりかけておる。いや、最早手遅れやもしれぬな」

「そんな風には視えないけどね」

「おや、役者馬鹿のお主でも視えぬか。あの、目の奥底にちらつく狂気が」

まったく、気づかなかった。これでも人を視る目には自信があったのだが。

新九郎は軽く肩を竦めて見せた。

和尚が、うん、うん、と頷く。

「さもあろう。あの男自身も、憑かれておることに気づいておらぬようだった」

「けどねぇ、和尚。酒、女、博奕。そういうもんに憑かれた奴ってのは、手前ぇじゃ気づいてなくても、傍から見りゃあ分かるだろう」

にんまりと、和尚が笑った。

「お主とて、『魂を売り渡しておる者』だが、傍からは分からぬぞ」

新九郎は、しばし黙った。

それから、

「確かに、ね」

と頷いた。

和尚がふと、気遣わしそうに顔を曇らせた。

「あの男、その相手を見失ったのだろうな。誰ぞを必死で探し求めておる。それで、『探し人か』と水を向けてみたのだが」

望んで憑かれていると聞いて、新九郎の脳裏に浮かんだのは、美しすぎる幼子の黒い瞳。

あの瞳にならば、喜んで憑かれる奴はごまんといるだろう。

いや、望むと望まないとに拘わらず、魅入られてしまったら、仕舞いだ。

自分の手許から離れてしまえば、取り戻そうと必死になる。

いったん手に入れれば、なんとか自分の元に縛り付けようと、やっきになる。

あれは、そういう、妖(あや)しの性(さが)を孕んだ瞳だ。

取り戻そうとする者と、手放すまいとする者。

新九郎は、唸った。

「なるほど、『探し人』。それだ」

新九郎の呟きに、和尚が応じた。

「何か、思い当たる節があったようだな」

「確かじゃない。まだ確かめなきゃいけないことがある。だが肝心な割符(わりふ)は揃った、かもしれない。大体、最初(はな)から、皆が皆、揃って胡散臭かったんだ。あたしがどこまで首を突っ込むつもりなのか、息を詰めて出方を探ってるようなとこがあってね。そのくせ、胡散臭い奴ら同士がどう繋がってるのか、見えなかった。ようやく、割符を繋げる形が、見えてきた」

和尚が訊いた。

「割符とは、どんな割符だ」

「一枚は吉原の女、もう一枚は、読売屋の男」

「はっきりせんのう」

新九郎は、眦を上げて訊き返した。

「さっきの、仕返しかい」

「拙僧は、それほど狭量ではないわい」

「そりゃ悪かったね、和尚。まあ、そろそろ謎解きごっこにも飽きてきたとこだ。雁首揃えて貰って、はっきりさせちまおうか。うまいこと収まるとこに収まったら、一切合切お知らせしますよ」

貫福和尚がちらりと見た。

「あの読売屋、助けてやらぬのか。あのままでは、危ういぞ」

「助けてくれってぇ頼まれりゃ、考えないでもないけどね。自ら望んで憑かれてるんじゃあ、野暮はしないよ」

「情が薄いのう。そんなことで役者が務まるのか」

新九郎は嫣然と笑んだ。

「役者は、芝居の中の情が全てさ。小屋の外で要らぬ情を振り回して、心をすり減らすなんざ、御免だね。それはそうと、和尚。先の大火事で、駒込あたりから逃げ込む寺ってぇいったら、どこか分かるかい」

「確かめたいこと、とやらか」

「ああ、まあね。私とわたし。最初から気にはなってたんだ」

「そいつは一体、何の判じ物だ」

「内緒、だよ」

艶を含ませて告げると、和尚は苦笑いを零した。

「その顔を節操なしに垂れ流すから、商売敵に睨まれるのだ」

「節操なしとは、随分だね」

「芝居を続けたければ、気を付けろ、と言っておるのだが、まあいい。駒込、だったな。たまに、へぼ碁に付き合ってやっておる和尚の寺なら、知っておるぞ」

「なんだ。だったら、怪しげな読売屋なんぞ頼らずに、さっさと和尚に訊きゃあよかったねぇ」

「ぬけぬけと、言いおる。敢えてあれこれ言いつけて、あ奴の目論見を探っておったのだろうが」

「あたしは、そんな性悪じゃあないよ。読売屋なら、色々探るなあお手のもんだと思っただけさ」

ふん、と不服そうに和尚が鼻を鳴らした。

「それで、和尚。さっきの駒込の寺だけど、話を聞けないかい」

「そうさな。『荻島清之助』を市村座の桟敷で観せてくれるなら、頼まれてやってもいいが」

今度は、新九郎が苦笑いを浮かべた。

「『荻島清之助』がいつ芝居に戻れるか、いや、戻れるかどうかも分からないよ。何しろ、干されちまってるから」

「馬鹿を言うな。天下の『荻島清之助』が商売敵のくだらん悋気ごときで、潰れるはずがなかろう」

貫福和尚に豪快に笑い飛ばされ、驚くほど心が軽くなったことに、新九郎は苦笑いを深くした。


新九郎が貫福和尚を宗源寺に訪ねてから四日の後。

太夫道中の刻限に先んじて、ひとりの「役者」が吉原の大門を潜った。

銀鼠（ぎんねず）の帯を女様に締め、艶やかな髪は、若衆の色を残した形に結い上げている。月代は浅葱色（あさぎいろ）の野郎帽子で見えない。

留紺の小袖の裾がその歩みで小さく揺れるたび、鮮やかな江戸紫の裏地が覗く。薄い唇に刷いた紅が、鮮やかに人目を引いている。

しとやかな足取りの一歩、慎ましい視線の配り方ひとつから、艶が零れ落ちるようだ。

吉原の男客達が、ひそひそと囁き合う。

——おい、あれ。

——ひょっとして、荻島清之助じゃねぇか。

——市村座の、人気女形か。

——いい女だねぇ。

——馬鹿野郎、ありゃ、男だ。

——あ、そうか。けど、やっぱり艶っぽくて、いい女だ。

——しかし、女形がなんだって、吉原に来るんだい。

——吉原ですることとってったら、ひとつだろうが。

——おいおい、天下の荻島清之助が女を買ったなんて知れたら、贔屓の女達がひっくり返るぜ。

姦しい男共に比べ、格子の内から荻島清之助——新九郎を見つめる女達は、皆、静まり返っている。

ある者は、憧れの眼差しを向け、ある者は我を忘れて見入り、あるいは、硬く青い顔をしている遊女もいた。

様々な色合いの視線を一身に集めながら、新九郎は迷いのない足取りで、仲之町を京町へ向かった。

太夫――太夫道中

「太夫だ」

「紅花太夫の道中だ」

「紅花太夫が『巴江屋』からお出ましだ」

弾んだ声が、あちこちで上がる。

声を聞きつけた者は、我先に仲之町へ群がる。

集まった見物人が紅花を見る目に、冷ややかな色もからかいの色もない。吉原を騒がせている「お七様の祟り」なぞ、皆忘れ去っているかのようだ。

紅花は、手を若い衆（し）の肩に預け、緩やかに「外八文字（そとはちもんじ）」を踏む。

一歩、高下駄を外へ回し歩みを進めるたびに、見物客から溜息が零れる。

禿、新造、下働きも引き連れ、道具や布団を携え、華やかに、しとやかに進む。

中には、一歩ごと、派手に体を沈ませ、大きく足を踏み出し、素足をちらりと見せるような派手な「外八文字」を踏む太夫もいたが、紅花は違っていた。

ふんわりと、綿毛が舞うような柔らかさで、軽く体を沈ませる。

高下駄の回しは大きくはないが、水の上を滑るように滑らかだ。

「へぇ、青い打掛とは珍しい」

「お前さん、吉原は初めてかい。あれは、紅掛花色。紅花太夫の色さ」

「なるほど、涼しげな色気ってのは、かえって背筋の辺りが、ぞくぞくするもんだねぇ」

「綺麗だなあ」

「やっぱり、紅花太夫は、飛び切り品があって、いいじゃねぇか」

あれやこれやと、勝手なことを囁き合っている男達へ、紅花の視線が投げられる。

見つめられた男達は、一様に、息を呑み、口を噤む。

この道中も、太夫の大切な務めだ。

切見世の遊女を買いに来た客でも、運よく道中に出くわせば、太夫を拝むことができる。

飛び切りの吉原、飛び切りの夢を、太夫はこうして売る。

だから紅花は、吉原の南、京町一丁目の置屋「巴江屋」から、北の大門近く、江戸町一丁目の揚屋「松葉」まで、時をかけ、長い道中を練り歩くのが常だ。

見物客が、ざわめいた。

先導の若い衆が、道を開けるよう、群がった客を促している。

仲之町を横切り、京町一丁目から、二丁目へ向かう方角だ。

ひとりの男客が、戸惑ったように呟いた。

「おいおい、一体、太夫はどこへ行くつもりなんだい」

紅花が向かったのは、「巴江屋」と同じ置屋、京町二丁目の「長崎屋」だ。

遊女達は皆格子や揚屋へ出払っているのか、置屋の中は静まり返っている。

道中に付き従ってきた者達を一階の座敷へ残し、太夫は彦太と共に二階へ向かった。

全て、今宵の「宴」を差配した新九郎の指図だ。

芸妓も幇間も呼ばないのは新九郎の宴の常だが、馴染みの新造、小雪まで遠ざけるのは珍しい。

二階の座敷の前で、彦太が声を掛ける。

「新さん。太夫、お着きでごぜぇやす」

お入り、とすぐに新九郎の涼やかな声が、促した。

彦太が、静かに襖を開ける。

居並んでいるのは、「長崎屋」と「巴江屋」の楼主夫婦、見知らぬ町人の男。

そして、艶やかな役者姿の新九郎を認め、紅花はそっと溜息を吐き、哀しい思いで微笑んだ。

この先、随分と寂しくなること。

新九郎は、紅花が上座へ着くのを待って、彦太も中に入るよう促した。

彦太は、戸惑ったように紅花を見、紅花が頷くのを認め、ちらりと「巴江屋」楼主夫婦に視線を送ってから、座敷へ入ってきた。

襖の近く、部屋の隅で、がっしりした身体を縮めるようにして座る。

さて。

新九郎は軽く息を吐いた。

酒も料理もない。鳴り物も幇間も、芸妓もいない。仏頂面や硬い顔が並び、ちりちりと肌を刺す、張り詰めた気配ばかりが座敷を満たす、宴の始まりだ。

「これは、一体全体、どんな余興なんです、新さん」

「巴江屋」女将のりきが、ほんわりとした口調で、訊ねた。ほんわりしているだけに、隠されている棘が、恐ろしい。

りきに対して、亭主の鶴右衛門は、苛立ちも露わにまくし立てた。

「旦那。何の酔狂か存じ上げませんがね。私も女房も、忙しくしております。何しろ、私らがちょっとでも目を離すと、女は逃げ出そうとするし、男は油を売り始める」

「巴江屋」楼主の言葉に、「長崎屋」の楼主が、顔を顰めた。「長崎屋」の女将は気遣わしげに紅花へ視線を向ける。

いくら、「八つの徳」を忘れた人でなしの置屋楼主と言えども、太夫や彦太を前に言う言葉ではないだろう。

「長崎屋」夫婦の胸の裡は、そんなところだろうか。

ぎろりと、鶴右衛門が「長崎屋」夫婦を睨んだ。「長崎屋」楼主がその視線を、張り合うように受け止める。

見えない火花が、ちりちりと散った。

ここで取っ組み合いの喧嘩なんぞしないでおくれよ。

新九郎は、胸の中でぼやいてから、「巴江屋」へ軽やかに詫びた。

「御楼主、済まないね。長く時はかけないから」

ふん、と鶴右衛門が鼻を鳴らした。わざわざ、女房に向かって聞こえよがしの悪態を吐く。

「いくら、紅花御贔屓の旦那だってったって、ここまでの我儘を聞かなきゃいけないのか。そもそも、芸妓も幇間も呼ばない、太夫の他は新造ひとりしか付けない、しみったれた客だろう」

先だって、開運稲荷近くで行き会った時の愛想のよさから、見事な掌の返しように、新九郎は苦笑いを零した。元々、向こうが透けて見えそうな薄っぺらい愛想ではあったから、特段驚きはしない。それくらい見抜けなければ、役者なぞ務まらない。

紅花が、静かに鶴右衛門を諌めた。

「楼主(だんな)さん」

りきが、亭主を宥める。

「お前さん、そりゃ言いっこなしですよ。新さんの宴は、そりゃあちっとばかり地味だけど、派手な宴と同じだけの金子は頂戴してるんですから。この集まりだって、太夫の揚げ代も宴のお代も、間違いなく頂けるってことで、伺ったんじゃありませんか」

それでも、鶴右衛門は腹の虫が治まらないらしい。

「宴ねぇ。商売敵の置屋に呼びつけられた挙句、酒も肴も出て来やしない。こいつのどこが宴なのか、伺いたいもんだよ」

新九郎が、応じた。

「宴だよ、ご楼主。派手なね」

戸惑った顔で、りきが問い返す。

「派手、ですか」

「ああ。これから『お七様』の謎解きをするんだ。飛び切り派手だろう」

居並ぶ連中が、揃って小さく息を吞んだ。

鶴右衛門が、取り繕うように笑って、「馬鹿馬鹿しい」と吐き捨て、立ち上がった。

「逃げるんですかい」

嘲り交じりに呼び止めたのは、読売屋の庄次だ。

庄次は、新九郎が誘った。

——「お七様の祟り」の謎解き、吉原でやることにしたよ。どうだい、見物に来て、ついでにちょいと後押しをしてくれないかい。そうすりゃ、お前さんの望みも、叶うかもしれない。

　庄次は、

　――望み、ねぇ。面白ぇ読売でも書かせていただけやすかい。

なぞと軽く話を逸らしつつ、応じてくれたのだ。

「なんだって」

　嘲りも露わな庄次に、鶴右衛門が、噛みつくように問い返す。庄次は薄笑いだ。

「いえ、ね。読売屋の鼻が教えてくれるんですよ。『巴江屋』の楼主（だんな）は、『お七様騒動』とやらに、何やらやましい身に覚えってもんが、あるんじゃねぇかって。そいつが知れるのが心配だから、さっきから、男のくせにしつけのできてねぇ座敷犬みてぇに、きゃんきゃん騒いじゃあ、あちこちに噛みついて誤魔化し、さあやっぱり案じた通り、『お七様』の謎解きだって、はっきりした途端、逃げ出そうとした。違（ち）ぇやすかい」

「い、言いがかりも甚（はなは）だしい」

　吐き捨てた鶴右衛門へ、庄次がへらりと笑いかける。

「まあまあ。裏まで探りたがる読売屋の目にゃあどうしたってそう映っちまうから、ここで逃げ出すのは利口じゃあありやせんよ、ってぇ話でさ」

　鶴右衛門は、顔を赤黒く染め、暫く庄次を睨み据えていたが、やがて何も言わずに座り直した。

　礼代わりに、新九郎は読売屋へ笑いかけ、口を開いた。

「さて、あたしは、紅花太夫から『お七様騒動』を収めたいから、謎を解いてくれと頼まれてましてね。随分往生したが、ようやくからくりが見えてきたんで、関わりのある皆さんにお揃いいただいたってわけです。とはいえ、初めから謎解きを始めたんじゃあ、身も蓋もあったもんじゃあないし、何が何やら、話が見えないお人もおいでだ。まずは、ちょいと時を頂戴して、本家本元の『お七様』の話からさせていただきます」

誰も口を挟まないのを確かめ、新九郎は軽い息ひとつ挟んで、少しだけ、芝居の台詞回しを交ぜ、深い声を使って続けた。

「昨年師走の大火で、火元近くの駒込にある八百屋、二親と娘二人の一家四人が焼け出された。上の娘の名はお七、歳は十六」

庄次が、微かに顔色を変えた。構わず話を進める。

「とても美しい娘だったそうでね。火事を逃れ、身を寄せた寺で、お七はひとりの男と出逢った。二人は惹かれ合ったが、八百屋が建て直されれば、お七は戻らなければならない。愛しい男とは離れ離れ、泣き暮らした挙句、お七は考えた。また火事が起きれば、同じ寺で、愛しい男に逢えるかもしれない。そうして、自らの家に火を付けたってぇ、言われてる」

誰も、一言も発しない。かといって、新九郎の話に取り立てて心を動かされた様子もなかった。ただ、重苦しい気配だけが、広く物寂しい座敷に淀んでいる。

「お七の付け火は、すぐに見つかり、塀を少し焼いただけの小火(ぼや)で済んだ。けれど付け火は付け火。可哀想に、十六の若さでお七は火焙りにされた。この弥生の末、春も終わりの話さね」

庄次が、組んでいた腕をゆっくりとほどき、手を膝の上に置く。

「それからしばらくして、吉原で騒ぎが起き始めた。見慣れない禿が、開運稲荷で子守唄を唄っている。その子守唄が、火事にまつわる唄で、こいつがなかなか薄気味悪い」

新九郎は、少し唇を湿らせ、件の唄を口ずさんだ。


てんてん、てまり。てまりは冬に、つくものでなし。

ついたら、そこから火花が、てん。

てんと散った火花、風に乗って、屋根につく。

てんてん、屋根についた火が、あっという間に大きくなって。

ととさまもてんてん、かかさまもてんてん。

可愛い娘は、ひとりきり。

てんてん、てまり。てまりは冬に、つくものでなし。

つかずに、ねんねこ、てんてん、てん。


「と、こんな具合だ。初めにこの禿と会い、子守唄を間近に聞いたのは、太夫だね」

紅花が、小さく頷く。

「歳の頃は七つ、八つほど。身なりはどこから見ても禿で、先行きが楽しみな美しい子だってことだ。だから太夫はその子に、どこの見世の禿か、名は何というのか、訊いた」

紅花が、「あい」と応じた。

「あたしは、その子は太夫に、自分が『七』だとは、名乗らなかったと踏んでる」

紅花付きの若い衆、彦太が、何やら言いたそうに動いたのを、新九郎は目顔で止め、先を続けた。

「それから、その禿はあちこちで見かけられるようになった。どうも、どこの見世の禿でもないらしい。そう分かった途端、噂は吉原中に広がった。お七を名乗る禿が、吉原に出るってね。お七は、出逢った者に訊く。わたしは私を探している。私はどこへ行ったのか。『ねぇ。お前様は、私を、知らない』、と。きっと火焙りで失った自分の体や、恋しい男を探してるに違いない。とまあ、これが『お七様騒動』の始まりってわけだ。これくらいの怪談もどきは、吉原じゃあ大して珍しい話でもないし、誰かが『お七様』に祟られて、酷い目に遭ってたわけでもない。いずれ、飽きられ、消えていくただの噂で終わるはずだった。ところが、あたしが面白がって謎解きを引き受けた途端、事は動き出した。紅花付きの新造、綾糸が寝込み、新しい笄の箱から鼠の骸が見つかった。かくいうあたしも、危うく鳥居の下敷きになりかけてね」

驚いたように、「長崎屋」夫婦が新九郎を見た。

「騒動は、坂道を転がる雪玉のように大きくなってった。四郎兵衛会所の男衆、善助が溺れて死に、紅花を目の敵にしてた格子のしづかが、『お七様』から逃げ出そうとして、大門を潜りかけたことを咎められた」

「巴江屋」のりきが、おっとりと口を挟んだ。

「しづかは、足抜けしようとしたんです。『お七様』うんぬんは、往生際の悪い言い訳でしょう」

「おや、先だっては、確か、足抜けを企んだとは思えない、ってぇお言いだったじゃあないか」

新九郎がやんわり質（ただ）した。りきは落ち着き払っている。ほんわりとした笑みを湛（たた）え、言い返してきた。

「どんなに妙でも、大門を潜って外に出ようとしたのは、皆が見ている。足抜けとして咎めるよりない。そう言いませんでしたかしら」

新九郎もまた、穏やかに応じた。

「ああ、そう言ってたね」

それから逸れかけた話の筋を、元に戻す。

「丁度今の女将のように、しづかの訴えには誰も耳を貸さなかった。そりゃあ仕方のないことだ。どっから見ても足抜けを企てたようにしか見えないからね。だから、切見世に落とされることは当人も、分かってた。気位の高かったしづかは、そんな目に遭うくらいならと、首を括った。だが、しづかの訴えを信じりゃあ、しづかの首括りも『お七様』が元、つまり『お七様の祟り』ってぇことになる。口さがない連中は、紅花太夫が裏で『お七様』を操ってるんだと、囁き合ってるそうな。それが証に、太夫だけが『お七様の祟り』に遭ってないし、災厄が降りかかったのは、太夫の邪魔になるような者ばかりだ。善助は、太夫にしつこく言い寄っていたし、しづかは太夫を目の敵にしてた。あたしは、まあ、さっき鶴右衛門さんが言ってたように、有難くない客だったってぇことかもしれないね」

「そんなことは、ありんせん」

すかさず紅花が、口を挟んだ。

こちらを見た黒目勝ちの瞳は、微かな寂しさと哀しさが滲んでいる。

さすが、察しがいいね。

そんな返事も込めて、新九郎は紅花に笑いかけた。

「太夫の気持ちは嬉しいよ。けど、ここは話が進まない。とりあえずそういうことにしておこうか」

新九郎の言葉に割って入ったのは、「長崎屋」の女将だった。

「ですが、旦那。それじゃあ新造の綾糸は、どういう訳です。太夫が子飼いの新造、禿をそりゃあ可愛がってるってのは、吉原(なか)じゃあ皆知ってる話でございますよ」

「熱を出したのは、綾糸の怖がりな性分が災いしたのさ。後から、自分も『お七様』の唄声を聞いちまったと知って、怖がりすぎて熱が出た。笄の箱に入れられた鼠は、しづかの嫌がらせだった。そうだったよね、太夫」

笄が入れられていた納戸に、しづかが使っている若衆が出入りしていた。その話を新九郎は紅花から聞かされていた。

紅花は、微かに顔を曇らせたものの、すぐに「あい」と応じた。

「巴江屋」夫婦は、むっつりと黙ったきり。「長崎屋」夫婦は、ちらりと目を見交わした。

庄次が、薄笑い混じりで、新九郎に訊いた。

「それじゃあ、立て続けの騒動は、みんな『お七様の祟り』で、そこのお綺麗な太夫が、『お七様』を操ってやらせた。旦那は、そうおっしゃるんで」

新九郎は、ううん、と軽く唸った。

「少し当たり、大筋ははずれってぇとこかな」

それから、新九郎はまっすぐ紅花を見た。

「違うかい、太夫」

紅花の顔が、微かに強張った。それを察した彦太が腰を浮かせる。

「新さん、そりゃ、あんまりだ」

「煩いよ、彦太」

異を唱えた彦太を、新九郎は声に静かな力を込め、黙らせた。芝居小屋の騒がしい客を大人しくさせるより、造作ない。

それから、諭すように太夫へ語りかける。

「もう、手放してもいいいんじゃあないかい、太夫」

紅花は、何も語らない。新九郎は言葉を重ねた。

「『長崎屋』さんも、そろそろ荷が重くなってきてるはずだよ」

紅花が、新九郎を見た。

どうして、それを。

そんな顔だ。

「長崎屋」夫婦は、込み入った顔をしている。

手放したくない。一刻も早く縁を切りたい。

欲と恐れ、二つの間で揺れ動いているようだ。

僅かに遅れて、「巴江屋」の楼主が何か言いかけ、女房に止められ、口を噤み直した。

新九郎は、その様を確かめてから、続けた。

「さて。話をお七まで戻そうか。八百屋の周りを探って貰った読売屋、そこの庄次からは、駒込で八百屋を営んでたお七の二親に、もうひとり娘がいるってぇ話は聞かせて貰えなかった。けど、一家が先の大火事で逃げ込んだ寺と懇意にしてる坊主がいてね。ちょいと頼んで確かめて貰ったんだよ。そうしたら、色々、面白い話が出てきた」

庄次が、昏い顔を新九郎へ向けた。すぐに薄笑いを浮かべて、ちゃらりとぼやく。

「もしかして、宗源寺の和尚様ですかい。やだねぇ、旦那と和尚様、二人してあっしを嵌めたってぇわけだ」

新九郎は、穏やかに告げた。

「お前さんの相手は、後でゆっくりしてやる。今は先を急ぐよ。お七は、相当な器量よしだったから、焼け出され、八百屋一家と同じ寺に身を寄せていたお人のうち幾人かが、お七とその身内のことを覚えていた」

七の一家は、寺へ逃げてくる途中で、幼い下の娘とはぐれてしまったらしかった。

父親は、店と蔵の心配ばかりしていたが、母親と上の娘が、必死に幼い娘を探し回っていたそうだ。

だが、火事騒ぎ、それもあれほどの大火となれば、幼い子とはぐれるのは、悲しいがよくあること。そのまま生き別れてしまうことも、珍しくない。

だから皆、気の毒に、可哀想に、と思ったものの、自分達のことで手一杯、誰も一緒に探してやる、と言い出す者はいなかった。

「ところが、火事で焼け出された人達を狙って一儲けする悪党ってのは、いるもんでね。逃げるどさくさに紛れて、火事で逸(はぐ)れた風を装って子を誘拐(かどわ)かし、売り飛ばすんだそうだ。火事の最中じゃあ、悪事が露見しにくい」

庄次の眼光が、口許の笑みはそのままで、鋭くなった。

新九郎は構わず続けた。

「母娘が探し回ってた時の話を纏めると、いなくなった下の娘の歳は八つ。姉のお七によく似た、大層な器量よしだったそうな。名は、おすず」

新九郎は、「巴江屋」夫婦を見遣った。

「『巴江屋』じゃあ、近頃『引っ込み禿』を育ててるんだってねぇ」

鶴右衛門のこめかみが、引き攣(つ)った。りきが、ほんわかと笑って首を傾げた。

「新さんは、どこでそんな与太をお聞きになったんです。『引っ込み禿』は、引っ込ませていても、噂になるのが常。ねぇ、『長崎屋』さん。うちに限らず、どこぞの置屋が『引っ込み禿』を育ててるなんて話、耳にしましたかしら」

いきなり話を振られ、「長崎屋」夫婦はぎこちなく目を見交わした。

ほら、ご覧、という風に、りきが豊かな胸を張った。

「新さんもご承知の通り、この頃は、太夫の数も減ってましてねぇ。何しろ太夫は、客にとっても置屋にとっても金がかかる代物だ。せっかく、手間も金子もかけて手元で大事に育てても、高嶺(たかね)の花すぎて客が滅多に手を出せないのじゃあ、元が取れない。勿論、今いる太夫は稼ぎ頭、吉原の宝ですよ。だがこの先はどうなることか。そう思っている置屋は多いんです。余程の子じゃあないと、引っ込み禿なんて、割に合やしないんですよ」

新九郎は、軽く目を伏せて笑んだ。

「なるほど。ならなおさら、あの娘(こ)は見逃せなかったんだろうね。火事のどさくさに誘拐かされた器量よしの娘なら、少なくとも最初(はじめ)の元手はかからない。紅花太夫の後釜を育てるには、もってこいだ」

庄次が、呻いた。

「火事のどさくさに誘拐かされた、器量よしの娘。その娘にゆくゆくは客を取らせよう。そういう腹だったってぇわけかい」

怒気を膨らませた庄次を、新九郎は宥めた。

「庄次。もうちょっと、辛抱しててくれないかい」

庄次は、燃える目で新九郎を、次いで「巴江屋」夫婦を見遣ったが、気を落ち着けるように細く長い息を吐き出し、軽く肩を竦めた。

新九郎は、庄次に軽く微笑みかけ、話を元へ戻した。

「八百屋のお七の妹、おすずを、『引っ込み禿』として、隠しておいでだったよね。『巴江屋』さん」

血走った目をして、鶴右衛門が新九郎を嘲笑った。

「私らが、その娘を誘拐かしたって言うんですか。そうして『お七様騒動』を引き起こした、と」

「お前さん」

女房のりきが、低く亭主を諫めた。

新九郎は、おどけた様子を作って惚けた。

「おや、あたしは一言も、誘拐かされたおすずが、吉原に現れる『お七様』だなんて、言ってませんけどね」

はっとして口を噤んだ亭主を冷ややかに睨みつけ、りきが掌を頰に当て、ちょこんと首を傾げ、口を開いた。

「だって、今までの話の流れなら、どうしたってそうなりますでしょ。新さん、伺っても」

「なんだい、女将」

「証は」

ほんわりとした声の芯だけが、しんしんと冷えていた。

「証、ねぇ」

新九郎が、のんびりと呟く。

りきが畳みかける。

「本当に『お七様』が幼子の形で化けて出たのかもしれない。あるいは、死んだどこぞの禿が、さ迷ってるのかもしれない。吉原じゃあよくあることですよ」

「あれは、生身の娘じゃないってわけかい」

にっこりと、りきが笑った。

「私達が、そのおすずって娘を隠してる。そうおっしゃいましたね。だったら『巴江屋』の隅々まで、家探しでもされますか。私達は構いませんよ。ねぇ、お前さん」

息を吹き返した鶴右衛門が、「おう」と応じる。

「そりゃあ、遠慮しておくよ。『巴江屋』を逆さにしたって、おすずは、出てこないからね」

あっさり引き下がった新九郎を、りきが疑わしげな目で見る。

新九郎は、おっとりとりきの視線を目で受け止めてから、紅花に向かった。

「太夫、しつこいようだけどね。ここいらが潮時さ。太夫もとうに勘づいてるはずだ。あの娘は、吉原に置いておいちゃいけない娘だよ」

鶴右衛門が顔色を変え、紅花を睨んだ。目が血走っている。

執着。

そんな言葉が、新九郎の頭を過った。

やはり、「巴江屋」の楼主夫婦は、あの笑み、黒い瞳に捕まっていたか。

「まさか、太夫。お前ぇがあの娘を――」

「お前さんっ」

おっとり者を装っていたりきが初めて、鋭い声を上げた。

新九郎が鶴右衛門に応じる。

「その、まさか、さね」

それから紅花へ視線を戻し、言葉を重ねた。

「太夫。心配しなくても、身内に返す手筈(てはず)はつけてあるから。そうだよね、庄次」

新九郎に呼びかけられ、庄次が硬い顔で、「ええ」と答えた。

紅花が、微かに目を瞠る。

「それじゃ、お前様が、おすずちゃんの兄(あに)さま」

庄次に向かってぽつりと呟いてから、紅花は「長崎屋」夫婦を見た。二人が小さく頷くのを待って、部屋の隅で控えている彦太へ声を掛ける。

「彦さん」

彦太もまた、「長崎屋」夫婦に目顔で確かめた後、太夫へ「畏まりやした」と応じ、立ち上がった。

彦太が部屋を出て行くのを待って、新九郎は再び口を開いた。

「さて。彦さんが戻って来るまで、話の続きをしようか。誰がおすずを誘拐かしたか。直に手を下したのは、『巴江屋』さんじゃあないだろう。そう、恐らく死んだ会所の男衆、善助。お前さん方から頼まれて誘拐かしたか。それとも、善助が誘拐かしたおすずを、お前さん方に売りつけたか。いずれにしろ、つい先だってまで、おすずは、お前さん方が隠してた。立派な誘拐かしの片棒担ぎさね」

「い、いい、一体、何の証があって、そんな根も葉もないことを言うんだね」

鶴右衛門は閊え、声をひっくり返しながら、文句を言った。

新九郎が、庄次を見た。

やれやれ、という風に息を吐き、庄次が口を開いた。

「火事の半月前くらいから、駒込の八百屋の様子をしつこく窺う怪しい奴がいたってのも、そいつがどこのどいつかも、調べがついてる。こちとらひとりで何もかもやってる、ちっぽけな読売屋なもんでね、似せ絵を描くのも得手ってわけだ」

新九郎が庄次の言葉を引き取る。

「その似せ絵を見せて貰ったけどね。どっからどう見ても、紅花太夫にちょっかいを出そうとしていた、四郎兵衛会所の男衆、善助だったよ」

鶴右衛門の目が、忙しなく泳いでいる。りきは、唇を噛み締め、あさっての方角を向いた。言い逃れる策を大急ぎで思案しているのか、あるいは、このまま知らぬ存ぜぬで通すと決めたか。

新九郎は、勝手に話を続けた。

「お前さん達は、火事と善助のお蔭で紅花太夫の後を継げるお宝を、大した元手もかけずに手に入れた。その善助に、脅されでもしたかい。『もっと金子を寄こせ』か、『紅花太夫に引き合わせろ』とか。まあ、恐らく両方ってとこか。初めのうちは善助の脅しに従ってたんだろうね。だから、会所の男衆風情が、置屋の最奥、太夫の部屋の周りをうろつけたわけ。さて、おすずは何てったたって攫ってきた娘だ。お前さん方は、間違っても噂にならないよう、念入りにおすずを隠した。とはいえ、四六時中、どこぞに閉じ込めておくわけにもいかないよねぇ。太夫にするにゃあ、あれこれ習わせなきゃならないし、読み書き、勉学も大事だ。周りにそれと知られないよう、師匠の手配りをするのは、大層骨が折れる。そんな慌ただしさの隙をついて、おすずが『巴江屋』の外へ出て、紅花太夫と出逢っちまった。そうと知った時は、さぞかし魂消たろうね。なんとかして誤魔化そうと考えついたのが、『お七様の祟り』の話さ。薄気味悪い、火事にまつわる子守唄をおすずちゃんが唄ってたことも、好都合だった。もう少しで、吉原お決まりの怪談に上手いこと掏り替えられるとこへ、また厄介な奴が現れた。暇に飽かして謎解きをしてやろうっていう、お節介の役者さ」

「巴江屋」夫婦も紅花も、黙して答えない。

そろそろ草臥れてきちまったよ。こんな長台詞、台帳書きが持ってきたら、とっちめてやる。

心中で悪態をついておいて、新九郎は「巴江屋」夫婦を静かに見比べた。

夫婦揃って、顔色が悪い。

だが、ここで手を緩めるつもりは、新九郎にはなかった。

すすけた石の鳥居が、目の前に倒れかかってきたあの時。頭を過ったのは、ただひとつ。

顔に傷が付けば。手や足が潰れたら。二度と芝居ができない。

ぞっとした。

あの時の恐ろしさは、決して忘れないだろう。

この「荻島清之助」を震え上がらせた奴に掛ける情けなぞ、どの袖を振っても落ちてきはしない。

新九郎は、ゆっくりと切り出した。

「榑正町（くれまさちょう）のあたしの庵へ、妙な鳥居を運び込もうとしたのは、『巴江屋』さんだよね」

りきが即座に異を唱えた。

「そんなこと、しやしませんよ。馬鹿馬鹿しい」

「おや、妙な鳥居ってのは一体なんだ、とは訊かないいんだねぇ」

りきがころころと笑った。

「いやですねぇ。新さんが、ご自身の庵の前で大怪我しそうになったって、おっしゃったんじゃありませんか。危ういところを彦太に助けられたって」

「鳥居の話は、一言もしちゃあいないけどね」

「彦太から聞いたんです。ねぇ、そうだよねぇ、彦太」

彦太は縮こまったまま、「へい」と小さな声で答えた。

りきはどこかほっとしたように、笑った。

「その騒ぎってのは、なんておっしゃいましたかしら、新さんを目の敵にしている市村座の立役が仕掛けたもんだったのでしょう。火事で焼け残った鳥居を新さんの庵に運び込んだのは、その立役の贔屓客達で、立役の指図で運んできたってぇはっきり言ってたそうじゃありませんか。その騒動の少し前に、新さんは舞台の上でも危うく大道具の鳥居に潰されかけた。それをなぞった嫌がらせですよ」

りきの長口上を仕舞いまで聞いてから、新九郎はゆったりと切り出した。

「役者ってのは、大概が信心深いもんでね」

「それがどうしたってんです」

「女将の言う市村座の立役も、御多分に漏れずってわけさ。だから――」

新九郎は、ひたと、「巴江屋」の女将を見据えた。

「いくら、目立ちたがりの目障りな女形に嫌がらせをするためでも、本物の、それも火事で焼け残った有難い鳥居を使うなんてぇ罰当たりな真似、決してしやしないんだよ。あの鳥居をあたしの庵へ運んできた男達は、立役、押上辰乃丞からの言いつけだとでも騙されて、ほいほい乗っかっちまったんだろうさ。辰乃丞さんの気を引きたくて、辰乃丞さんが目の敵にしてる女形を懲らしめたくて、うずうずしてる奴らだ。丸め込むのは造作もなかったろうよ」

りきが、きゅっと唇を嚙んだ。新九郎は続ける。

「惚けられるより先に言っとくけどね。鳥居の騒ぎの時のあたしの居場所が分かるかどうかって話なら、惚ける種にゃあならないよ。あたしがのんびり静かに過ごしたい時ゃあ、榑正町の庵を使うことは、市村座の連中なら誰でも承知、取り立てて内緒にしてるわけでもないから、聞き出すのだって造作もない。けど、そうだねぇ。これからは、ちゃんと口止めしといた方がよさそうだ。せっかくのんびりしてるのに、面倒事を持ち込まれちゃあ、たまらない。おっと、話が逸れたね。辰乃丞さんは、有難い鳥居を嫌がらせの道具にゃあ使わない。なら、そういう罰当たりを平気でしでかすのは、どんな奴か。そうさね。『八つの徳』を忘れちまった、置屋の楼主とその女房、なんてのはどうだい」

憤りも露わに腰を浮かせかけた鶴右衛門を、新九郎は軽く手を上げて抑えた。

「女将、お前さん、市村座で起きた、大道具の鳥居の騒動を知っておいでだったよね。あっちは間違いなく、辰乃丞さんの仕業だ。そいつを真似りゃあ、辰乃丞さんの嫌がらせを装ってあたしを脅せる。有難い鳥居の下敷きにでもなりゃあ、すわ、何かの祟りだってえ話にもしやすい。例えば、既に吉原で噂になってた『お七様の祟り』とか、ね。妙な首を突っ込んだから、『お七様』が腹を立てたんだってぇ具合だ」

ほほ、とりきが笑った。

「妙なことをおっしゃいますこと。『お七様の祟り』にしたいのなら、わざわざ、押上辰乃丞とやらいう役者の贔屓客を使って、その役者の指図だと言わせるまでもありませんでしょうに。商売敵の嫌がらせに見せかけたら、『祟り』にはなりませんでしょ」

「そうかねぇ」

新九郎は、うっすらと笑んだ。

「辰乃丞さんの贔屓達は、鳥居が大八車から倒れてきたことに、大層狼狽えてた。こいつはあたしの推量だけど、多分奴らは、『狭い庵に火事で焼け残った薄気味悪い鳥居を運び込んでやれ。ちょっとした憂さ晴らしだ』とでも言伝(ことづて)されたんだろうさ。大八車にきちんと括りつけてたはずの鳥居が、まさか、女形目がけて倒れるなんざ、夢にも思っちゃいなかった。そしてそれも、織り込み済みだったんじゃあないのかい。途中までは、役者の嫌がらせ。ひとりでに鳥居があたし目がけて倒れるとっからは、祟り」

りきは、黙ったまま、探るような目で新九郎を見ている。

まったく、往生際の悪い。

新九郎は内心でぼやいた。

「あたしは、悪さをしそうな辰乃丞さんの贔屓の顔は、すっかり覚えててね。無用な諍いを避けるにゃあ、大事なことさ。俺に押しかけてきた奴らも、皆知った顔だったよ。たったひとりだけ、ずっと大八車に張り付いてた、目立たない奴を除いちゃあね。そいつの気弱そうな目が、下手くそな芝居めいてて、ちょいと気になった。そこで彦太に頼んで、押しかけてきた奴らのうち、素性の分かってる男をとっ捕まえて、ちょいと脅かして確かめて貰ったんだ。大八車の側にいた男も、辰乃丞さんの贔屓かってね」

彦太が、小さく頷いた。

奴らは、大八車の側にいた男を「辰乃丞さんが手配りしてくれた手伝い」だと、信じていたそうだ。

新九郎は、ゆったりと話を進めた。

「その男なら、間合いを測って、鳥居をあたしへ倒すことができたし、朱華の帯を締めて、『お七様』の振りをさせた子を大八車の陰に隠したり、あたしにだけ見えるように出したりも、できたろうね」

りきが、ちょこんと首を傾げて呟いた。

「朱華の帯、ですか」

新九郎は笑った。

「惚けるね。鳥居が倒れて来るほんのちょっと前、朱華の帯を締めた娘が、大八車の陰を過った。その更に少し前、紅花太夫が使ってる月桃の香が、強く香った。『お七様』からも香ったってぇ、いわくつきの香だ。小道具を揃えて、『お七様の祟り』だって思わせたかったんだろうけど、余計なことをしたよねぇ。大八車の陰を過った子は、『お七様』とはまるで違ってたし、月桃の香りも、太夫が使ってるもんじゃあなかった。太夫は、月桃に白檀を混ぜてるけど、あの時の香は、月桃だけの強い匂いだった。月桃を際立たせたかったのかい。それとも、白檀と合わせてたことを知らなかったのかい。どちらにしても、まったく不細工で半可な細工さ」

不機嫌に言い捨ててから、新九郎はりきを見据えた。

「役者を舐めちゃあいけないよ。ちょっとしたことだって、芝居の肥やしになる。そいつを逃さないように、いつだって、目も耳も、鼻も、研ぎ澄ましてるんだ」

りきは、顔色を失くしていたが、物言いはまだ落ち着いていた。

「まるで芝居の筋書きみたいな話、楽しく伺いましたけどね。今の話だけじゃあ、私や亭主の仕業だとは、言えませんでしょ」

「朱華の帯の娘に、月桃の香。どっちの小道具も、吉原の人間じゃなきゃあ思いつかないよ」

「でしたら、太夫の仕業でもおかしくないでしょう、新さん。月桃は太夫の香ですし、彦太は太夫の言うことなら、何でも聞きます。大体、なんだって、その鳥居の騒動に彦太が都合よく居合わせたんです」

「彦太のことは、後でゆっくり太夫から聞くとして。月桃の香は、『長崎屋』さんから太夫の手に渡る前に、ちょいと抜き取ったんだろう。『長崎屋』さんへ使いに来ていた彦太に、急ぎの用を言いつけ、彦太の代わりに他の若い衆に月桃を持たせたことを、『長崎屋』の女将が覚えてたよ」

りきが、「長崎屋」の女将を鋭い目で見据えた。女将も負けじとりきを睨み返す。

さて、そろそろしゃべるのも疲れてきた。

新九郎が小さく息を吐いたところで、部屋の外から『失礼しやす』と、声が掛かった。彦太だ。

紅花が、静かに促す。

「お入り」

するりと襖が開いた。廊下に居住まいを正していたのは彦太と、幼い娘だ。整った顔立ち、目の覚めるような朱華の帯を締めた禿姿が、目を引く。

何より目立つのが、吸い込まれそうな黒い瞳。

ああ、やはり、この子だ。

新九郎は思った。

顔なぞ見なくても分かる。たった一瞬の間、大八車の陰を過った娘とは、放つ輝きがまるで違う。

座敷に一堂に会した大の大人が、揃って息を詰め、幼い娘を見つめている。

娘の濡れたような瞳は、嬉しそうな光を湛え、一心に庄次を見つめている。

庄次が、娘を見、確かめるように新九郎を見た。

安堵と嬉しさが、その顔一杯に広がる。

あ、そうだった。

禿が、そんな風に首を傾げ、許しを請うように、視線を庄次から紅花へ向けた。

紅花が鷹揚に笑い、小さく頷きかける。

「兄さまっ」

禿が、弾んだ声を上げた。ぴょこんと立ち上がり、まっすぐに駆けてきたのは、庄次の元だ。

庄次が、大きく両腕を開いて、娘を迎え入れる。

風に舞う花びらのような、人の重さを感じさせない軽やかさで、禿は庄次の胸に飛び込んだ。

庄次は、蕩けてしまいそうな顔をしている。

「おすず坊。無事でよかった。さあ、兄さまにちゃんと顔を見せてくれ」

禿――すずは、名残惜しそうに庄次から少し身体を離し、微笑んだ。

庄次の指がすずの頬にそっと触れる。柔らかな張りがこちらの指先にまで伝わってきそうだ。

「怖かったろう」

「ちっとも。きっと、兄さまが迎えに来てくれると思ってたから」

「酷いことを、されなかったかい」

「太夫が、いつも守ってくれたから。それに、この人たちも、すずをここへ連れてきた男の人も、みんな悪い人だけど、すずのことは大事にしてくれた。お父っつぁん、おっ母さんの方が酷かったわ。だって、姉さまと兄さまを虐めてばかりだったもの。迎えに来たのがお父っつぁんかおっ母さんだったら、すず、きっと隠れたままだったわ」

よかった、来てくれたのが兄さまで。

子供らしいあどけなさで喜ぶすずに、庄次が静かに切り出した。

「あの。あの、な、おすず坊」

口ごもる庄次に、すずが哀しげな笑みを向けた。

「大丈夫、もう知ってる。そこの悪いおばさんが教えてくれた。姉さまは、家に火を付けた罰を受けて死んじゃったんだって。大好きな姉さまとは、もう二度と会えない。だから、諦めてここで暮らせって。兄さまこそ、悲しかったでしょう」

庄次が、射るような目でりきを睨んだ。すずに、ちょんと袖を引っ張られて視線を戻し、続ける。

「お七っちゃんだけじゃねぇ。おすず坊のお父っつぁん、おっ母さんも、亡くなっちまったんだ。越した先の火事で逃げ遅れたそうだ」

すずが、心当たりのある顔をして、唇に手を当てた。

新九郎は、ぎくりとした。

すずが開運稲荷で唄っていた子守唄が、耳の奥で木霊している。

――ととさまもてんてん、かかさまもてんてん。可愛い娘は、ひとりきり。

「おすず坊。大丈夫か」

すずの顔色を確かめながら訊いた庄次を、新九郎は見遣った。

姉の死を伝えた時に比べ、二親の死は随分とあっさり切り出すのだな。

すずが先刻、この人たち――自分を誘拐かし、吉原へ閉じ込めた連中よりも二親の方が酷いと言っていた。すずが二親をどう思っていたのか、庄次も承知しているからか。あるいは、庄次自身の蟠(わだかま)りか。

庄次よりもはるかにあっさりと、すずは笑って頷いた。

「ちょっと、びっくりしただけよ、兄さま。お呪いもしていないのに、ほんとうになっちゃったんだって」

呟いて、悪戯に笑う。

庄次は、そうか、と安堵した顔で幼い娘に微笑を返している。

新九郎は、ひんやりと肝が冷えるのを感じた。

宗源寺の貫福和尚は、庄次は憑かれていると新九郎に告げた。そうして、こうも言っていた。

――あの男自身も、憑かれておることに気づいておらぬようだった。

庄次は、目端も利けば、頭の巡りもいい読売屋だ。なのに、この娘、すずの恐ろしさ、危うさが見えていない。

すずの言葉と笑みに恐ろしさを感じられないところまで、庄次は堕(お)ちているのか。

実の二親が、死んだ。

まるで、自分がつくった唄に準えたように、火事で焼け死んだ。

そのことに怯えもせず、ちょっとびっくりしただけだと言う。

すずが呟いた「お呪い」とは、何だろう。

まさかこの娘は、本当にそうなると分かっていて、あの子守唄をつくったのではなかろうか。もしや、そういう力を持っているのでは――。

ふいに、すずが庄次の膝の上に座り直し、新九郎を見た。

「最初から、わたしの謎かけを分かってくれてたのでしょう」

新九郎は、軽く笑むことで答えた。

開運稲荷で会った時、すずが使い分けていた、わたしと私。

恐らく、「わたし」がすず自身。「私」が誰かは、あの時は分からなかったけれど、七に七つ、八つの妹がいたと聞いて、合点がいった。

「私」は、姉の七のことだ。

すずの目が、新九郎を値踏みするように、すっと細められた。

赤い唇が、笑みの形をつくる。

「やっぱり、綺麗なお兄さん、好きよ。お呪い、効かなかったけど、すずと遊んでくれたし、綺麗だもの」

綺麗なお兄さんとは、どうやら自分のことのようだ。新九郎は訊ねた。

「お呪いって、何だい」

ふふ、とすずが笑った。

「大嫌いって睨んだら、すずの前から消えてくれるお呪い。お願いって見つめたら、すずのお人形になってくれるお呪い」

それから、すずは赤みの強い唇を尖らせて、続けた。

「綺麗なお兄さんも、紅花太夫も、お呪いが効かなくて、びっくりしたし、なんだかつまらなかった」

庄次は、ただの子供の「遊び」だと思い込んでいる笑いで、やんわりとすずを窘めた。

「いつのまに、そんな妙な遊びを覚えたんだい。大人をからかっちゃあ、いけねぇよ」

すずは、大人の顔で、にっこりと笑って頷いた。

新九郎は、軽く笑いを返しながら、心中で呟いた。

桑原、桑原。やっぱりこの娘に深入りしちゃあいけない。

問答無用で人を惹きつけ、頭の芯を痺れさせ、取り込む力がすずの言う「お呪い」なのだ。

しづかは、すずの「消えてくれる」呪いで、自ら命を絶たされた。

「巴江屋」の楼主夫婦は、すずの「お人形になってくれる」呪いで、見世を危うくし、人に仇なしてまで、手の裡に留めようとする。

すずなしでは、生きられないようになるのだ。

「長崎屋」も、あの顔つきからすると、危ないところだった。

すずに「お呪い」を掛けられ、抗えるのは、この娘の恐ろしさを感じ取ることができた者か、とうに、他の何かに魂を売り渡している者くらいだろう。

紅花の、細く長い吐息で、新九郎は思案から現に引き戻された。

白檀と月桃の香りが、さざ波のように小さくうねりながら、辺りに漂う。

「楼主さん、女将さん」

静かな声で、紅花は「巴江屋」夫婦を呼んだ。

青い顔、ぎらついた眼で、夫婦は紅花を見据えた。

余計な口を利くな、と脅していることは、傍で見ていてもよく分かった。けれど紅花は揺るがなかった。

「もう、ここまでにいたしんしょう」

まろやかな廓言葉に、「巴江屋」夫婦が大きく慄いた。ひび割れた声で、紅花を遮ろうとする。

「黙れ」

「余計なことを言ったら、太夫、分かってるんだろうね。お前さんだって、同じ穴の狢（むじな）なんだよ」

紅花は、まるで二人の言葉が聞こえなかったように、新九郎と庄次に向かって告げた。

「新さんのおっしゃる通りでござんす。そのおすずちゃんは、会所の善助さんが、駒込の八百屋から誘拐かし、『巴江屋』に売った、下の娘さん。わっちは、女将さんから頼まれて、おすずちゃんに、和歌や琴、三味線を教えていんした」

太夫の打ち明け話に被せるように、「巴江屋」楼主が喚（わめ）いた。

「黙れ。黙れ、黙れ、だま――」

「煩いよ。少し大人しくしとくれ」

芝居で鍛えた声を凛と張り、新九郎は鶴右衛門を遮った。鶴右衛門が怯えたように口を噤む。

紅花が、静かに口を開いた。

「女将さんのおっしゃるように、誘拐かしの片棒を担いだも同じでござんす。おすずちゃんには、申し訳ないことをしんした」

すずが、邪気のない声を上げる。

「太夫はちっとも悪くないわ。お稽古は、和歌も三味線も、大層楽しかったし、太夫は優しかったもの。新しい姉さまが出来たようだった」

すずに背中を押されたように、「長崎屋」の楼主が続く。

「そうですとも。太夫は、どうにかしておすずちゃんをお身内に返そうと、腐心しておいでだった。これ以上騒ぎが大きくなれば、おすずちゃんの身も危うくなると、手前共にこっそりお預けになったくらいですから。人攫いの連中と同じなものですか」

新九郎は、じっと「長崎屋」楼主を見つめた。

「ってぇことは、『長崎屋』さんはおすずちゃんが、『お七様』の正体だって承知の上で預かって、吉原で大騒ぎになってるのも、紅花太夫の立場が危うくなってるのも承知で、ずっと黙ってたってえわけかい」

「長崎屋」の女将が顔色を失くした。

いち早く、紅花が口を挟んだ。

「『長崎屋』さんは、わっちの無理を聞いてくだすっただけでありんす。しづかさんが亡くなって、『お七様』の騒ぎが大きくなって、もうおすずちゃんを『巴江屋』に置いてはおけない、と。全ての咎はわっちに」

「なるほど。おすずちゃんが『巴江屋』から消えたのは、しづかさんが亡くなってすぐ、というわけだね。太夫達の様子が気になって置屋を訪ねた時、いつも落ち着き払ってる女将の様子が少しおかしかったから、何かあったのじゃあないかと、思ってたんだ」

新九郎は、穏やかに話している。

だが居合わせた大人達は皆、硬い顔をして、新九郎からさりげなく顔を背けている者が多い。

まったく、世話の焼ける。

新九郎は短い溜息を吐き、続けた。

「さて、話を纏めようか。おすずちゃんを誘拐かしたのは、会所の善助で、元々器量よしのおすずちゃんを狙っていた。売った先が『巴江屋』さん。そして太夫が、おすずちゃんをおりきさんから任された。理由(わけ)は、おすずちゃんが太夫と開運稲荷で会っちまったからってとこかい。おすずちゃんのことを知ってる人間は少ないほどいいからね」

「巴江屋」夫婦は答えなかったが、新九郎は構わず進めた。

「太夫が、おすずちゃんは攫われてきたのだと聞いたのは、誰からだい。おすずちゃん、それとも善助」

すずが、可愛らしい声で答える。

「わたしが、太夫に教えてあげたの。善助って人、悪い奴だから近づかない方がいいって」

そう、と新九郎はすずに笑いかけ、続けた。

「経緯を知って、太夫はおすずちゃんをお身内に返そうとした。おすずちゃんに姉(ねえ)さんの幽霊を装わせ、『お七様騒動』を起こしたのは、太夫だね。『お七様』は祟るってぇ吹聴したのは、鶴右衛門さんとおりきさんだろうけど」

すずは、太夫の言う通りに姉の幽霊を装いながら、新九郎に対して謎かけ遊びを仕掛けてきた。わたしと私は違う人物だ、と。

紅花が、頷く。

「あい。騒動が吉原の外に漏れれば、あるいはお身内が気づいてくれるか、と」

「漏れれば、とは随分奥ゆかしい物言いだねぇ。あたしを巧い具合に使ったんだろうに」

太夫が、きゅ、と唇を嚙んだ。

新九郎は、ちらりと太夫の顔を見てから、視線を逸らした。

「で、『お七様』騒動を探り始めたあたしの口を塞ごうとしたのが、おりきさんと鶴右衛門さん。いよいよ脅しが過ぎるようになってきた善助にたっぷり酒を呑ませて、山谷堀に突き落としたのは、まあ鶴右衛門さんだろうね。うわばみだって、ちっとは酒も回る。着物のまんま、夜の夜中、堀に落とされりゃあ、ひとたまりもないだろうさ。しづかは、切見世に落とされるのが嫌で首を括った。そうして、太夫は、しづかが死んだことで殊更大きくなった騒ぎにおすずちゃんをこれ以上巻き込まないよう、『長崎屋』さんに隠した、と。まあ、遅かれ早かれ、あたしがおすずちゃんの身内を見つけてくるだろう、それまでの急場しのぎ――」

「太夫を虐めちゃ、だめ」

すずが、ふいに新九郎の言葉を遮った。

物言いも声も、邪気のない幼い娘のものだ。だが、新九郎にひたと据えられた黒い瞳には、底知れない敵意が宿っている。

桑原、桑原。

再び、雷除けの呪いを心中で口にし、新九郎はすずに問いかけた。

「それじゃあ、おすずちゃんが太夫の代わりに、答えてくれるかい。あたしの話はどこまで合ってるか」

「いいわ」

鼻を、心持ち上につんと向け、大人びた口調ですずが応じた。

「善助って人に、吉原（ここ）へ連れてこられたのも、『巴江屋』のおじさんとおばさんに閉じ込められてたのも、本当」

すずの声には、怯えも、戸惑いもない。それでも庄次は、すずを励ますように、小さな肩に手を置いた。

うふふ、とすずが笑った。

庄次の骨ばった指が、すずの頬をくすぐった。

「くすぐったぁい」

鈴を転がしたような、澄んだ笑い声が零れる。

微笑ましいはずの二人の様子から、艶めいた香りが立ち上る。

庄次が、懐から善助の似せ絵を取り出した。新九郎も確かめた、庄次が描いたものだ。

「この男かい」

すずの目が、輝いた。

「あ、兄さまの画だ。ね、兄さま。そうでしょう」

「ああ。お前は相変わらず、大した目利きだね」

　庄次の声音は、甘やかだ。

「この子は、あっしの画だけじゃなく、今流行りの画師なら、画をひと目見ただけで、誰が描いたか、ぴたりと言い当てちまうんですよ」

　逸れた話をすぐに戻したのは、すずだった。

「そう。このひと」

　それから、ちょっと小首を傾げ、不服げに続けた。

「綺麗な着物も、おいしい食べ物も、沢山あるところへ連れてってやるって言われたんだけど、わたし帰るって言ったの。だって、兄さまや姉さまがいないところは、つまんない。綺麗な着物は、沢山持ってるし、うちのごはんは、おいしいもの。そうしたら、わたしは帰れないんだって、兄さまの画のひとが怖い顔になって言ったの。そうして、この――」

　と、「巴江屋」夫婦を指さし、

「おじさん、おばさんの『巴江屋』に連れてこられた。面白そうなとこだったし、姉さまと兄さまに会えないのはつまんないけど、お父っつぁん、おっ母さんに会わずに済むのは嬉しいから、まあ、ちょっとだけなら言うことを聞いてあげようって。どうせすぐに、兄さまが探し出してくれるから。そうしたら、太夫に会って、和歌や三味線、珍しいことをいっぱい教えてもらえて、どんどん楽しくなった。ちょっとした悪戯も、楽しかったわ」

「悪戯って、何をしたんだい」

新九郎の問いに、すずは子供らしい笑みで答えた。

「『巴江屋』の外へ出て、唄を唄ったわ」

「あたしも聞かせて貰ったね。開運稲荷で」

「あれは、太夫がそうしろって」

「そうかい」

「うん。そうしたら、すずのお父っつぁん、おっ母さんを、しいいいんくろうさんがきっと探しに行ってくれるからって。太夫には、探しに来てくれるのは、お父っつぁん、おっ母さんじゃなくて、兄さまよって教えてあげたの」

「さすが太夫は、あたしのことをよく分かっているねぇ。『お七様』に会えば、あたしは面白がる。開運稲荷で彦太にもひと芝居させたかい。おすずちゃんが、あたしにしか見えていない芝居」

彦太が申し訳なさそうに、背中を丸めた。

新九郎は、不貞腐れたように黙りこくっている鶴右衛門へ、視線を移した。

「開運稲荷近くで行き合った時、御楼主が慌てていたのは、おすずちゃんが置屋の外へ出たのを探しに来たってとこだね」

鶴右衛門は答えない。

新九郎は、すずへ向き直り、訊いた。

「太夫が助けてくれるって、おすずちゃんは信じたんだね」

「うん。太夫はとってもいい人。とってもいい匂いがするの。太夫の匂いが好きって言ったら、お揃いの匂いのする匂い袋を、すずにくれたわ。姉さまの次に好きよ」

「じゃあ、どうして兄さまの名や、読売屋だってことを太夫に知らせなかったんだい」

すずが、飛び切り綺麗な笑みを浮かべた。

「あら。それじゃあ兄さまとの『かくれんぼ』にならないじゃない」

庄次が、呆れたような苦笑いを浮かべ、すずを窘めた。

「やれやれ。こっちは命が縮むかと思うほど心配したってのに、おすず坊はかくれんぼのつもりだったのかい」

ふふ、と、すずが笑った。庄次の膝の上から、その顔を振り仰ぐ。

黒目勝ちの瞳は、どんな歪みも欠けもない、綺麗な珠のようだ。

濡れているのか。それとも自ら光を放っているのか。

すずが、思い出したように笑いを深めた。

「一番可笑しかったのは、しづかっていう意地悪なおんなのひとにお呪いを掛けた時。子供みたいに悲鳴を上げて、逃げ出していったの。さんざん太夫を虐めてきたくせに。元々、好きじゃなかったもの。善助に『巴江屋』へ連れてこられた時、ちょっとだけ一緒にいたけど、嫌いよ、あのひと」

善助は、「巴江屋」と話をつける間、攫ってきたすずを、しづかに預けていた、というところだろう。

「巴江屋」夫婦が、目を見交わした。

では、しづかが訴えていたことは、本当だったのだ。そんな顔をしている。

ふ、とりきが微笑んだ。

すっかり腹を括ったような、さっぱりした声で告げる。

「お前さん、どうやら年貢の納め時のようだよ」

「りき、何を――」

「元々、この子が新さんに見つかっちまったら、お仕舞いだって二人で話してたじゃあないか。おすずは、大人しく黙っててくれるような娘じゃあないし、新さんはおすずからすべてを聞き出しちまうような、お人だよ。それに、ここで惚けたって、おすずは私達から、離れて行っちまうのには変わりない。それじゃあ、『巴江屋』を続けても仕方ない」

鶴右衛門は、落ち着き払った女房をまじまじと見つめていたが、やがて諦めたように肩を落とした。

「そうだな。おすずを手元に置いていたら、いつかはこうなると、お前さんも私も分かっていた。けれど手放せなかった私達夫婦が、愚かだったということだ」

二人の言葉を、新九郎はほろ苦い思いで聞いていた。

口では潔い言葉を紡ぎながら、視線はひたすら、鶴右衛門もりきも、すずを追っている。

すずの「お呪い」で、すっかり堕ちてしまっているのだ。

「八つの徳」を捨ててまで、必死で守ってきた置屋よりも、すずが大事だ、と思うほど。

すずを失って、この夫婦はどうなるのだろう。

心の片隅に過った憐れみを、新九郎は追い出した。

この夫婦は、役者「荻島清之助」、新九郎の魂そのものを危うくしたのだ。

憐れみなんぞ、感じることはない。

新九郎は、苦い思いを振り切り、彦太へ視線を遣った。

「彦さん」

「へい」

「悪いけど、面番所(めんばんしょ)までひとっ走り行ってくれるかい」

大門の脇には、四郎兵衛会所の番所と、町奉行所の同心が詰めている面番所がある。

彦太は戸惑った顔をした。

「会所じゃなくて、構わねぇんで」

「巴江屋」は、太夫を抱える置屋だ。そこの主夫婦が誘拐しと人殺しを働いたとなれば、「巴江屋」のみの騒動ではなくなる。役人に引き渡す前に、会所と諮(はか)って、主だった見世の主に、知らせた方がいいのではないか。

彦太は、そう言いたいのだろう。

新九郎は、少し笑って首を振った。

「会所の男衆も関わっている話だからね。それに、吉原のお偉方が、寄ってたかって無かったことにしちまうかもしれない」

彦太は、それでも束の間、迷う素振りを見せたが、すぐに目元を引き締め、「へい。すぐに」と応じ、出て行った。

新九郎は、さて、と呟き、庄次を見た。

「お前さんが探ってきた、お七さんの想い人、読売屋(どうぎょう)の男ってのは、庄次、お前さん自身のことなんだろう」

庄次は、困ったように笑んでいる。

新九郎は、庄次を促した。

「八丁堀(はっちょうぼり)が来るまでのちょっとの間、ずっとあたしに隠してた話を、聞かせて貰おうかね」

庄次は、緩んだ顔のまま新九郎に問いかけた。

「そう言われても、色々隠してやしたんでね。さて、旦那は何をお聞きになりてぇ」

新九郎は、迷いなく答えた。

「お七さんの、真実。お前さんと逢いたいために火付けをしたってのは、真っ赤な嘘だよね」

庄次は、遠い目をして微笑むと、静かに語り出した。

*

七と庄次との出逢いは、ありふれたものだった。

七が下駄の鼻緒を切って難儀をしていたところを、庄次が助けてやったのだ。

それきり、二度と会うこともないと思っていたが、根津神社、芝居小屋の前、隅田川、とにかく、ひょんなところでよく出逢った。

それで、なんとなし、話すようになり、待ち合わせて会うようになった。

庄次は、七の「何でも知りたがり、触りたがり、やってみたがる」、猫のような性分に惹かれた。そんなだから、女のくせに色々なことをよく知っていた。読売屋の自分とも、話が合った。世間で言われている噂には、実はこんな裏があったのだ、とか、あの騒動の真実は、きっとこんなところにある、なぞという、およそ色気のないことを語り合うのが、大層楽しかった。

七は、庄次の「気さくなところが気に入った」のだという。

自分の生意気――父親には、しょっちゅうそう叱られるのだそう――な物言いにも、面白そうに耳を傾けてくれ、話をしてくれる。気安く会い、気安く飲み食いし、気安く何でも話せて、自分の憂さや悩みも、気安く笑い飛ばしてくれる。

庄次の風のような軽やかさが好きだと、七は言った。

――そりゃ、お前さんが、厳しい親御さんに育てられたお嬢さんだから、さ。江戸の貧乏人の男なんざ、みんな似たようなもんだぜ。

庄次は、七に言ったが、七はそれでも、庄次が好きだ、庄次がいいのだと言ってくれた。

――江戸の男の人、みんなが庄さんと同じなら、どこへ行って、何をしても楽しいはずよ。でも、そんなことないもの。庄さんが他の男の人と同じだとしたって、私が、幾度も出逢って惹かれたのは、庄さんだわ。

七の言葉が、庄次は嬉しかった。

だが、読売屋と八百屋の大店の総領娘（そうりょうむすめ）では、釣り合いが取れるはずもなし。気難しい父親に二人の仲が知れてからは、七は出歩くことも滅多に許されなくなった。

それでも七は、二親の目を盗んでは庄次に会いに来てくれた。

妹、すずの手習いの送り迎えをだしに、三人で会うことも多くなった。

すずは大層愛らしく、庄次を「兄さま」と呼び、なついてくれた。

そんな「可愛らしいおまけ付き」で七と会うのもまた、庄次にとって楽しいひと時だった。

すずは敏い子で、父親は「神童だ。この子が男だったらよかったのに」と口癖のように言っているのだそうだ。諦めきれず、五つの頃から評判の師匠の下へ、手習いに通わせているらしい。すずが楽しそうだから、止めないけれどと、七は、よく面を曇らせていた。

——お父っつぁんは、いったいすずを何にするつもりなのかしら。

やがて、七が親に逆らって、未だに「読売屋の男風情」に現を抜かしていることが明るみに出ると七の父親は激怒した。

七は、そんな父親に凜として言い返した。

——私は、自分の足で調べて回り、自分の言葉で綴ったものを売る読売屋の庄さんを誇らしく思っています。親に逆らう娘が気に入らないのなら、勘当でも何でもしてください。読売屋の女房になる覚悟は、とうにできています。

父親は、七に手を上げかけたのだという。それを止めたのは、幼いすずだった。

すずが、七と父親の間に入って、父親を黙って睨みつけると、それだけで父親は振り上げた手を下ろしたそうだ。

七が庄次を諦めないと思い知った父親は、矛先を庄次に向けた。

庄次の書く読売は嘘八百だ、庄次は人を脅して読売の種を聞き出している、そんな噂が流れた。

庄次が読売を売っているところへ地回りが邪魔をしにくることが、幾度もあった。

読売を取り上げ、破こうとした地回りを止め、庄次は殴る蹴るの狼藉を受けた。

——堪忍して。みんな、父の差し金なの。

七は、怪我で動けない庄次へ、泣いて詫びた。

——会いに来てくれただけで十分さ。それより、お父っつぁんは大丈夫かい。無理をして抜け出してきたんじゃあないのかい。

庄次が案じて訊くと、いつもは笑って大丈夫、と答える七が、唇を嚙み締めた。

——お七っちゃん。

庄次の呼びかけも聞こえていないのか、思いつめた顔で七は呟いた。

——無理をしないと、もう駄目なのかもしれない。庄さんを守るためには、もう、私が無理をするしか。

庄次は、慌てて七を遮った。

——おい、何考えてるんだ。

七は、何でもない、と言った。それでも笑ってはくれなかった。

いつもの七とは様子が違うことに、庄次は厭な「虫の知らせ」を覚えた。

——そんな怖い顔をしてちゃあ、せっかくの器量よしが台無しだぜ。

つい、そんな風に茶化した。七は、そうね、と、ようやく笑ってくれた。

ようやく見せてくれた笑みに、庄次はほっとした。

そして、あの大火が起きた。

逃げる時のどさくさで、すずが行方知れずになったと、七から聞かされ、庄次は必死にすずの行方を探した。

あれほどすずに入れ込んでいた父親は、八百屋の建て直しで頭がいっぱいで、あてにならないと、七は嘆いていた。

庄次もまた、火事の後の読売と、その合間のすず探しで手いっぱいになり、七のことにまで気が回らなくなっていた。七もまた、すず探しであちこち飛び回っていたから。

二人で逢う時も、すずの行方の話しかしなくなっていた。

けれど。

後になって、庄次は「虫の知らせ」から目を逸らした自分を、心の底から悔いることになった。

「無理をするしか」と、思いつめた顔で呟いた七が何を考えていたのか。無理とは、何のことなのか。

あの時どうして、ちゃんと訊かずに、茶化してしまったのだろう。

どうして、自分の生業くらい自分で守る、だから何も心配するなと、言ってやらなかったのだろう。

どうして、気難しかろうが、こちらを馬鹿にしていようが、七の父親にきちんと会って、話をしなかったのだろう。

どんな汚い手を使われても、自分は読売屋も七も諦めない。そうはっきり、面と向かって告げなかったのだろう。

どうして、その後すぐに七が、普段通りに戻ったことで、あっさり安心してしまったのだろう。

数えきれない悔いの元になる知らせは、七の母からもたらされた。

七が付け火の咎で捕えられた、と。

初め、何の冗談か、あるいは七の父親が仕組んだ新手の嫌がらせかと、庄次は笑った。

けれど、すっかりやつれ、泣きながら「お七が、新しい店に火を付けたんです」と繰り返す年増の女を見るうち、ようやく事の次第が庄次の頭に沁み込んできた。

頭の芯が痺れたようになり、低く不快な耳鳴りが、耳の奥で渦を巻いていた。

母親は、泣きながら七からだ、という文を庄次に渡し、帰っていった。

捕えられた後、母親が襦袢(じゅばん)を入れている行李(こうり)――父親が決して見ないところから出てきたのだという。

七は文で、庄次に別れを告げていた。

庄さん、こんな手立てしか思いつかなかった私を、どうか許してください。

父は、善助という人に大金を払って、庄さんの腕を折るとか、目を潰すとか、恐ろしいことを企てています。

そして私は、その父を止められない。

そんな時、あの大火がありました。

燃えてしまえばいい。こんな店、こんな家、地回りや善助という人に払う金子、身代。何もかも燃えてしまえばいいと、心から願った。

その罰が、私ではなくおすずに当たってしまいました。

可哀想な、おすず。今頃どこかで泣いているに違いない。

おすずが行方知れずになったのに、父は庄さんへの恐ろしい企てを止めようとしませんでした。

蔵の中身が無傷で残ってしまったせいもあるでしょう。

だから、もう、私はこうするしかなかったのです。

家に、火を付ける。

でも、他人様を巻き込むわけにはいきません。

逃れた寺で、家を失くし、お身内を亡くし、悲しんでいる人を沢山見た自分には、そんな酷(むご)いことはできない。

だから、小火で済むように。すぐに見つかるように、火を付けます。

ひとり残った愚かな娘が、自分の家に火を付けたとなれば、もう父は江戸で八百屋をやっていられなくなる。

江戸から離れれば、庄さんに悪さをすることもなくなる。

私は、平気。心配しないで。

これが、今の私にとって、一番楽な手立てなの。

私のせいで、庄さんが腕や目を失くすより。

私が大火の時、この思いつきに夢中になったせいで、おすずは行方知れずになった。その悔いをこれから先抱えて生きるより。

ずっと、楽。

だから、どうか庄さんは悲しまないで。悔いたりしないで。

私を好いてくれたことを、いい思い出として胸の片隅にとっておいて。

もうひとつ、お願いがあります。

どんな理由（わけ）があっても、親を陥れた娘が、世間様から許されてはいけない。

火刑になるだけでは、足りない。

だから、読売に書いて欲しいの。

「八百屋のお七」は、恋に夢中になりすぎて、自分の家に火を付けた考えなしの愚かな娘だ、と。

庄さんなら、お芝居になりそうな「八百屋のお七」を作り上げてくれるでしょう。

勿論好いた相手は、内緒よ。

庄さんが命を懸けている読売に、嘘を書かせてごめんなさい。

おすずのこと、よろしくお願いします。

私は地獄行きだから、もう二度と会えないけれど。

庄さんは、どうぞお達者で。沢山、読売を書いてください。

*

庄次は、凪(な)いだ顔をしている。

悔い、怒り、悲しみ、怨嗟(えんさ)。きっと色々なものを呑み込み、やり過ごして、たどり着いた凪(なぎ)だ。

七のことを本当に好きだったのだと、庄次の語った話よりもむしろ、静かな面から新九郎は察した。

ふいに、すずが口を開いた。哀しげな声が珠のように、柔らかな唇からほろほろと零れ落ちる。

「姉さまは、すずと兄さまを置いて逝ってしまったのね。すずも兄さまも、ひとりぼっちだわ」

庄次の面から、新九郎が美しいとさえ感じた凪が、すう、と引いて行った。

目尻が下がり、甘やかな声、顔つきで、すずを宥める。

「ひとりぼっちじゃあないだろう。兄さまがいる」

「すずと、いてくれるの」

「ああ、勿論だよ」

「どこかへやったりしない」

「するもんか。お七っちゃんと、約束したからな。おすず坊を探し出して、助ける、守るって」

すずが、嬉しそうに笑った。あのね、と、形ばかり声を潜め、庄次に話しかける。

「すずも、姉さまと約束したの。兄さまが、すずのことを一番好きでいてくれたら、ずっと兄さまの味方でいるって。兄さまは、すずが好き」

可愛らしい音で、語尾が上がる。

庄次は、目を細めて笑っている。

「ああ、好きだよ」

「ずっと」

「ずっと」

「すずが一番」

「一番だとも」

「約束よ」

声音も、すずの上機嫌な可愛らしさも変わらない。

なのに、新九郎の背筋をひんやりとしたものが撫でて行った。

その約束、しない方がいいんじゃないかい、読売屋。

新九郎が呑み込んだ言葉に、庄次は気づく由もない。

「ああ、約束だ。いつだって、おすず坊が一番だよ」

「そう。だったらすずも、兄さまのそばにいてあげる」

「そいつは嬉しいね」

軽く往なした庄次の言葉は、微かに熱を帯びていた。

庄次は、ひとりの女を見る男の目をしていた。

貫福和尚の気遣わしげな顔が、新九郎の頭を過る。

――あの男。自ら望んで、憑かれておるようだ。憑いておる相手が、己の全てになりかけておる。

いや、最早手遅れやもしれぬな。

やっぱり、和尚の言う通り、とっくのとうに、手遅れだったみたいだよ。

新九郎は、声には出さず、和尚に向けて語り掛けた。

にっこりと笑って、庄次に頷いた幼い娘を、新九郎は心底恐ろしいと感じた。

居合わせた連中を、そっと眺めてみる。

「巴江屋」夫婦は、この世の名残、という風情ですずを見つめている。

「長崎屋」夫婦は、惜しそうな目をしているものの、どちらかというと安堵の色が濃い。すずを手元へ置けば、いずれ自分達の身を亡(ほろ)ぼす――「巴江屋」のように――と、考えるだけの分別が、まだ残っていたのは幸いだ。

紅花は、一切の心の動きを隠しているが、本当なら、太夫は隠し事をしていること自体を、隠しきらなければならない。紅花らしからぬ不手際である。

とはいえ、これほどで済んでいるのは、紅花には心底惚れた男がいるからだ。

彦太も同じ。奴は、紅花一筋だ。

しづかは、すずの恐ろしさに気づいていたのだろう。

善助がどうだったのかは、もう知る由もない。

あるいは、彦太やしづか、善助は、すずの方が歯牙にもかけなかったのかもしれない。

ふと、視線を感じ、新九郎はすずを見た。

邪気のない、濡れた黒い瞳と視線が合った。

ざ、と、肌が粟立った。

心の裏側まで、覗かれたような心地がして、新九郎は奥歯を噛み締めた。

遠くで、騒々しい声が聞こえている。彦太が八丁堀を引き連れて、戻ったようだ。

ふい、とつまらなそうに、すずが新九郎から目を逸らした。零れそうになる溜息を、新九郎はどうにか呑み込んだ。

鶴右衛門が浮足立ったが、隣で落ち着き払っている女房を見遣ると、きゅっと目を閉じ、大人しくなった。

そろそろ、暇乞いの時かもしれないね。

新九郎は、まず庄次に向かって告げた。

「じゃあね、読売屋」

「また、庵へお邪魔しても構いやせんか」

「お断りだよ」

冗談めいた言葉に、冷たさを孕ませる。笑みをぎこちなく固まらせた庄次へ、新九郎は続けた。

「役者ってのは、大概が面倒臭い性分でねぇ。あたしは、人に顎で使われるのが好きじゃない。お前さんとは気が合ったけど、それとこれとは話が別だ。読売屋、お前さん、あたしに使われる振りをしながら、おすずちゃん探しにあたしを使ったよね。吉原が怪しいって見当がついても、手前ぇが探るとは言わなかった。それは、贔屓でも何でもない自分が乗り込んでも、余計おすずちゃんを隠されるだけ、あたしに探らせた方が間違いないから。そうだろう」

自分を探し回っている奇妙な役者を、庄次は信じられなかった。もしかしたら、すずを攫った連中の仲間かもしれない。だから七やすずの本当の話も、自分の身の上も目論見も、新九郎に打ち明けることはなかった。

庄次の、その気持ちは分からないでもない。

ただ、だからといって、新九郎を疑いながら一方で顎で使ったことを、水には流せない。新九郎の気位が、それを許さない。

自慢ではないが、自分は飛び切り狭量なのだ。

庄次は、込み入った目で新九郎を見つめていたが、やがて諦めたようにほろ苦く口許を綻ばせた。

「寂しくなるなあ」

「おすずちゃんが、いるじゃないか」

新九郎は、すずを見ずに応じた。

庄次がすずの顔を覗き込み、膝から下ろした。居住まいを正して新九郎に向かう。

「旦那、世話になりやした」

神妙な庄次へ新九郎は頷き、立ち上がった。

同心に先んじて戻ってきた彦太に、新九郎はそっと声を掛けた。

「あの鳥居の一件の時、お前さん、太夫に言われてあたしの様子を窺ってたんだろう。お蔭で命拾いした」

彦太は、何か言いかけ、哀しげに口を噤んだ。

ぶ厚い肩をぽん、と叩き、新九郎は笑った。

「達者で。太夫を頼んだよ」

しょんぼりと俯いた彦太の横をすり抜け、部屋を出る刹那、紅花が、飛び切り綺麗な仕草で新九郎に向かって、頭を下げた。

新九郎はその姿を目に焼き付けてから、「長崎屋」の部屋を出た。

すずの黒い瞳が、いつまでも追いかけてくるような心地がした。

結び

榑正町にある、新九郎の庵へ宗源寺の貫福和尚が訪ねてきたのは、「巴江屋」の主夫婦が、誘拐かしと善助殺しでお縄になってから暫く、蒸し暑い日暮れのことだった。

縁側には、庭に植えた山梔子の、むせ返るような匂いが漂っている。

ふきは、いきなり訪ねてきた和尚をもてなすために、夕餉の買い物に出て行った。本当ならもてなしなぞしないのだが、月桃の香や庄次のことでは、新九郎が世話になったので、その礼なのだそうだ。

和尚が、硬い音を立てて碁盤に黒の碁石を置きながら、不服そうに言った。

「勿体ないのう」

白の石を、新九郎はことりと置いた。

「何がです」

むう、と、和尚がひと唸りして、碁盤を睨みつける。

「和尚」

囲碁に気を向けてしまった坊主へ、新九郎は問い直した。

恨めしげに碁盤を見つめながら、貫福和尚が答える。

「太夫だよ。もう会うつもりはないのだろう」

新九郎は、あっさりと応じた。

「だから、『荻島清之助』の形で行ったんじゃあ、ありませんか」

あれから、巷はちょっとした騒ぎになった。

人気女形の荻島清之助が、吉原に繰り出した。女形が廓で女を買った、と。

荻島清之助を贔屓にしている女達は、先を争うようにして泣き喚き、目を回した。

だがすぐに、吉原にいたのは午のほんの短い間だけで、女形の芝居に磨きをかけるために、評判を取っている紅花太夫の宴を見物しただけだと知れ、贔屓達は競って安堵の涙を流し、「さすがは清様だ」と新九郎を褒めそやした。

騒ぎはすぐに収まったものの、「荻島清之助」として吉原で人目を引いてしまった上は、新九郎が大門を潜ることは、もうない。

紅花太夫が忘れられなくなって、吉原に通い詰めている、なぞという噂が立ってはたまらない。人気女形としての足元を盤石にするまでは、「荻島清之助」は、男の匂いをさせてはいけないのだ。

そして紅花もあの時、悟ったはずだ。

野郎帽子を身に着け、女形「荻島清之助」の立ち居振る舞いで自分を訪ねたからには、もう二度と、新九郎は吉原で紅花と会うことはない。

この別離は、紅花自身が招き寄せたのだ、と。

庄次が、すずを探すために新九郎を使ったように、紅花はすずの身内を探すために新九郎を使った。

割符の右と左、だ。

最初（はじめ）は、敢えて「お七様騒動」の謎解きを頼むことを迷う素振りで、新九郎をじらし、その一方で「お七様」の格好をさせたすずと、新九郎を会わせた。

「紅（くれない）づくし」の装いだったすずの、朱華の帯だけに新九郎の気を向けさせたのは、すずが間違いなく「お七様」だと新九郎に確かめさせるためだったのだろうが、そのことが新九郎に紅花の目論見を悟らせてしまった。

「紅づくし」だけでは弱い。似たような装束の禿もいる。

だから、新九郎が「お七様」を見間違えないように、敢えて詳しい色味「朱華」を使って、帯の色を確かめさせた。

これは、意地の悪い深読みかもしれない。

けれど新九郎は役者だ。紅花をずっと「女の手本」として見てきた。

あの時確かに、ほんの微かに混じった紅花の台詞の中の芝居を、見逃すはずがなかった。

紅花には、腹に隠した目論見がある。

それは、庄次の目論見が見えて来るにつれ、はっきりしてきた。

紅花は、すずが吉原へやって来た経緯を隠したまま、新九郎にすずの身内を探させようとしたのだ。

恐らく、本当のことを告げれば、「巴江屋」と善助の悪巧みに新九郎を巻き込むと、気遣ってくれたのだろう。

だがそれでも、新九郎は自分を使い走りのように扱った紅花を許すことはできなかった。気難しいと言われようが、面倒な奴だと言われようが、譲れない。

紅花にも庄次にも、腹は立てていない。ただ、もう二度と会う気はない。二人との繋がりも、今まで過ごした時も、すべてなかったことにする。それだけだ。

そうして、多分紅花も、最初（はじめ）から新九郎との縁が切れることは、分かっていたはずだ。

これが、新九郎との永の別れになる。

だから、「お七様騒動」に新九郎を巻き込む時、哀しい顔をしていたのだ。

先だって、新九郎が座敷から去る時も、覚悟をしていたように、今までで一番の艶やかで儚げな、美しい姿を見せてくれた。

紅花もまた、新九郎ひとりが通わなくなったからといって、吉原一の太夫の足許が揺らぐわけでもない。

吉原も、一時揺れた。

大きな置屋の主夫婦が、誘拐かしと人殺しを犯して、縄目を受けたのだ。

よもや、公儀から吉原取り潰しの命なぞ、出たりはしないか。

かつて、江戸の中心、日本橋にあった吉原は、火事をきっかけに、今の浅草（あさくさ）の外れ、野っ原の中へ追いやられた。

その後も、公儀は「風紀を乱す」「華美に過ぎる」と、吉原を苦々しく思っている。

次は間違いなく、取り潰しだ。

吉原の住人達は、囁き合った。

――吉原から、出られるかもしれない。

――何を言ってるの。吉原が消えたって、あたし達の借財は消えない。新しい主に引き継がれるだけ。盛り場や田舎宿場の廓、もっと酷い矢場や、吉原の切見世みたいなとこへやられるかもしれないじゃない。そんなの、あたしはいやよ。

――俺達は、どうなるんだ。働くとこも、住むとこもなくなっちまうじゃねぇか。

――今更、吉原じゃない、どこで働けっていうんだい。

――遊女をやるのに、吉原の見世よりいい見世なんて、あるもんか。

だが、その騒動は早々に収まった。

会所と主だった見世の主達が、足並みを揃え、奔走したのだ。

「巴江屋」は、しばらくは吉原一の置屋、「三浦屋」の楼主が仕切ることになった。

いずれ、会所と置屋の楼主衆の眼鏡に適った誰かが、引き継ぐだろうという話だ。

一方で、相当な金子を使い、公儀に連なる重鎮を抱き込んだ。

吉原を潰しては、かえって風紀を乱す場や不埒者が増える。吉原が頂点にあるからこそ、収まっているこどもある。官許の遊廓は江戸にとって、入用な悪所である。

件の重鎮は、そう熱弁を振るってくれたらしい。

そのお蔭で、お咎めは「巴江屋」夫婦だけで済むことになった。

そう、新九郎に彦太から文が届いたのは、「巴江屋」夫婦が縄目を受けて程なくのことであった。

軽い溜息を、和尚が吐いた。

「しかし、そんなにおっそろしい娘だったのか。お七の妹は」

「さあ、ね」

「お主の話を聞いている限り、あの読売屋は勿論、二軒の置屋の楼主夫婦、紅花太夫、皆まるで、おすずの思うがままではないか」

「吉原みたいなとこにいなきゃあ、害は少ないよ。きっとね」

「その害を一身に受けるのが、おすずに見込まれた読売屋、というわけか。気の毒に」

「さあ、どうだろうね。あそこまで骨抜きなら、離れる方が災難だろうさ。他の女に気を取られさえしなきゃあ、そう厄介なことにもなりゃしないよ」

「気を取られたら、どうなるというんだ。恐ろしいことを、言わんでくれ」

和尚が、大仰に身震いをした。それから、思い出したように新九郎に問うた。

「そこまで、妖しの性を持つ娘の毒牙も、お主には効かなんだか。やはり、『魂を売り渡しておる者』じゃの」

新九郎は、にっこりと笑って見せた。

そう、自分は、とうに魂を売り渡している。

芝居という名の、魔物に。

あの娘が搦め捕ることのできる魂なぞ、欠片も残ってはいないのだ。

和尚が、呆れたように笑んだ。

「そういえば、いよいよ市村座の芝居に『荻島清之助』が戻って来るそうじゃあないか。桟敷の約束、忘れておらぬだろうな」

新九郎が、盛大に顔を顰めた。

「随分と早耳じゃあないか。生臭坊主」

昨日、市村座の座元と座頭が、この庵に訪ねてきたばかりだ。

市村座の女形を束ねている芳野珠女には話を通した。押上辰乃丞には大人しくしているよう、きつく釘を刺しておいた。

何でも、市村座の立作者が「八百屋のお七」の騒動を基に、台帳を書き始めているのだそうだ。

まだ、どんな話になるかは分からないが、「お七」の役は「荻島清之助」でなければ、と頑なに訴えている、とか。

また、清之助の贔屓筋も騒ぎ出しているという。

金持ちの客をそっくり抱えている芝居茶屋からの突き上げも、厳しいらしい。

そろそろ清之助を戻せ、でないと桟敷が埋まらない、と。

「まったく、もう少しのんびりしたかったのにさ」

憎まれ口を叩いた新九郎を、和尚がからかう。

「随分嬉しそうに見えるがな」

「気のせいだよ」

うきうきと惚けながら、白の石をまた碁盤に置く。

和尚が、うう、と唸った。

庭に植えた山百合(やまゆり)の甘い香りが、新九郎と和尚の間を、通り過ぎて行った。

この作品は書下ろしです。

田牧大和（たまき・やまと）

1966年、東京都生まれ。2007年『色には出でじ　風に牽牛』（『花合せ 濱次お役者双六』に改題）で全選考委員からの絶賛を受け、第2回小説現代長編新人賞を受賞し、作家デビュー。著書に「鯖猫長屋ふしぎ草紙」「藍千堂菓子噺」「其角と一蝶」などのシリーズものや、『大福三つ巴 宝来堂うまいもん番付』などのノンシリーズ作品も人気がある。

紅（あか）きゆめみし

2021年７月30日　初版１刷発行

著　者　田牧大和（たまきやまと）
発行者　鈴木広和
発行所　株式会社 光文社
〒112-8011　東京都文京区音羽1-16-6
電話　編　集　部　03-5395-8254
　　　書籍販売部　03-5395-8116
　　　業　務　部　03-5395-8125
URL　光　文　社　https://www.kobunsha.com/

組　版　萩原印刷
印刷所　新藤慶昌堂
製本所　榎本製本

落丁・乱丁本は業務部へご連絡くだされば、お取り替えいたします。

ISBN978-4-334-91417-2